Ways of Looking at a Woman

WAYS OF LOOKING AT A WOMAN
by Caroline Hagood

하얀 잉크

여성이라는 괴물,
어머니라는 유령,
글쓰기의 혼종성에 관하여

캐럴라인 해굿
최리외 옮김

nox

여자 안에는 언제나 사랑하는 어머니의 젖이 조금은 남아 있다.
여자는 하얀 잉크로 쓴다.

… 엘렌 식수

나의 가족에게
또한 나를 시인으로 기른 밥 허숀, 다나 브룩,
엘리자베스 프로스트, 그리고 마티 스코블에게

목차

Research Proposal

연구 계획

12

저 멀리서 무시무시한 군대처럼 행진하는 생각들을 바라볼 때 나는 가장 전율한다.

나를 짓누르는 셀룰로이드 천장[1]을 부수고, 시적인 글을 끝까지 써 내려가며 출구를 찾고, 구석구석 스며들고, 빛을 통해 빛을 투사하며, 나 자신을 이해해보고 싶다는 이 병적인 강박은 무엇일까? 보는 주체이자 보이는 대상인 여자의 형상을 한 영화를, 작가-엄마를, 혼종적인 장르를, 뱃속에 또 다른 인간을 잉태한 인간을.

그리고 이를 해내지 못한다면 무슨 일이 벌어질까? 피부가 오그라들고 갈라지며 딱딱하게 굳어, 결국 스스로의 야망 안에 딱정벌레처럼 갇힌 미라가 되고 말까? 일찍이 누군가 내게 이렇게 말해주었더라면 어땠을까? "넌 결코 오렌지 껍질을 한 번에 말끔히 나선형으로 깎아내진 못할 테지. 하지만 결국 더욱더 뇌리에 각인될 형태가 나오게 될 거라고." ¶

13

실험영화 감독 마야 데렌(Maya Deren)은 1943년 영화 〈오후의 올가미〉(Meshes of the afternoon)에서 스스로 '시간의 큐비즘'이라 명명한 기법을 사용해 내가 추구하던 바를 구현해냈다. 몽타주된 자신의 몸이 움직이는 모습을 창문 너머로 바라본다거나, 세 명의 자신이 식탁에 둘러앉아 있다가 불현듯 그중 한 명이 칼을 쥐고 있는 장면 같은.

데렌은 그 기법을 하이쿠에서 착안했다고 밝혔다. 두 이미지를 병치하고 그 사이를 세 번째 이미지가 가르는, 쓰리섬 같은 시의 형식이다. 이러한 형식 덕에 시간과 공간이 휘어지며 남성적 시선 바깥에서 여성의 자리가 만들어진다. 나는 바로 이러한 장르 융합의 방식을, 하고 싶었던 말을 표현해낼 수 있는 방식을 찾아 헤매고 있었다. 지금 내 아들의 나이인 세 살부터, 심지어는 지금 내 딸의 상태인 태아 시절부터.

아이 하나를 키우면서 또 하나를 임신했으니 나는 운이 좋다. 모두에게 알려지진 않았지만 아이들은 시간과 공간을 휘게 만드는 데 선수니까. 파편적인 시공간을 가장 사랑하는 내게는 꼭 맞는 존재. 아들 맥스와 함께 있을 때 시간은 다르게 흐른다. 일순간 달음질치다가 알아차릴 새도 없이 길게 늘어지기도 한다. 아이들은 장르 뒤섞기에도 도움을 준다. 아들은 버스에서 한 남자의 가랑이를 무심히 가리키며 물었다. "그거 아저씨 시예요?" p로 시작하는 가장 좋아하는 두 단어를 헷갈린 것이다.¶

14

여성 시인들이 남성 영화감독을 소재로 삼아 재해석하는 방식에 관한 논문 「바라보는 여성」(Women Who Like to Watch)을 쓰던 중, 나는 데렌이 영화로 시도했던 바를 글쓰기로 구현하고 싶어졌다. 여성성, 작가성, 모성이라는 경험을 몽타주한 책을 쓰고 싶어진 것이다. 찰리 카우프만의 영화 ⟨어댑테이션⟩이 수전 올리언의 『난초 도둑』[2]을 각색했듯, 꼭 그만큼.

⟨어댑테이션⟩은 알고자 하고 또 말하고자 하는 작가적 욕망이라는 버거운 주제를 다룬다. 찰리 카우프만이 자신의 글쓰기 과정과 올리언의 책 『난초 도둑』을 엮어 영화의 언어로 옮기려 고투할 때 이 허기가 작동한다.

이 갈망은 또한 벌어진 치아를 가진 존 라로슈가 난초에 관한 모든 것을 집대성한 백과사전 같은 기록에도, 유령 난초를 보겠다고 라로슈를 따라 지구 끝까지 따라가겠다는 올리언의 의지에도 깃들어 있다. 사실 창작을 이끌고 우리를 온전한 존재로 만들어주겠다고 약속하는 작가적 열망이야말로 이 종잡을 수 없는 매혹적인 꽃이 상징하는 핵심이다.¶

우리가 어쩌다 의식을 갖게 된 과학의 덩어리에 불과하다는 사실을 떠올리면 아찔해진다. 출산 후 변화에 옴짝달싹 못 할 때마다 내 몸을 글의 형태로 상상하고 그 장르를 짐작해보곤 한다. 에세이라고 결론을 내린다. 아마도 시적인 에세이(lyric essay). 이렇게 분류해놓아야 이념적 통제가 가능할 것 같다. 듀이 십진분류법에 포섭될 테긴 하지만 동네 도서관 사서에게 물어보긴 해야겠다.

나의 에세이 몸이 선형적인 패턴을 따른다고 상상하는 건, 머리가 서론 또는 결론으로 향하도록 하는 건 쉽다. 그런데 몸의 구조를 상상하는 다른 방법은 정말 없을까?

특히나 시적인 에세이를 구상한다는 건 더욱이 골치 아픈 일이다. 수년간 그 자신이 시적인 에세이라는 목표로부터 멀어졌다 가까워졌다를 반복해온 존 다가타[3]가 대변인 격이니 그에게 물어보자. 그는 시와 에세이의 경계를 넘나드는 글쓰기의 도발을 즐긴다고 말한다. 시적인 에세이라는 용어가 모호하다고는 해도 회고록과 시, 에세이, 그리고 이론이 뒤섞인 장르를 통해야만 비로소 내가 쓰는 글이, 어쩌면 심지어 나 자신까지도 어디에 서 있는지 알 것 같았다. 어쩌면 단순히 이런 생각이 들었던 건지도 모른다. "그래, 나는 시적인 에세이야. 그게 다야." ¶

16

확실히 '여자'에 대해 많은 탐정 작업을 벌여야 했다. 누아르 영화가 시작점으로 괜찮겠다 싶었다. 늘 그렇지. 형사 노릇을 배워야 했지만, 그보다 먼저 여자가 되는 법을 깨우쳐야 했다. 내가 잡은 주제가 너무 광범위할지도 모르겠다 싶었지만, 결국 모든 게 잘 정리되리라 믿었다. 내가 누군데? 그런 걱정은 넣어둬. 보다시피 이미 이 미스터리를 파악해나가고 있잖아.

논문에는 어울리지 않는 '나'라는 단어를 쓰고 싶어졌다. 매 페이지마다 캐럴라인이 튀어나왔다. 각주 뒤에서 야한 자세를 취하거나, 건조하기 짝이 없는 텍스트 뒤에서 엉덩이를 들이밀거나.

더 까다로운 건, 여자를 바라보는 법뿐만 아니라 여자로서 돌아보는 법도 알아내야 했다는 점이다. 1970년, 악취탄이며 밀가루 든 봉지며 물총으로 무장한 페미니스트 여러 명이 미스 월드 미인 대회장에 난입했다. 시위에 참여한 페미니스트 영화 평론가 로라 멀비는 '스펙터클은 취약하다'(The Spectacle is Vulnerable)라는 제목의 글에서 이렇게 썼다. 스펙터클은 관객의 능동적인 바라보기를 요하지 않기에 우리의 저항에는 힘이 있다고. 나도 악취탄과 밀가루 봉지와 물총을 모으기 시작했다.¶

아들을 가졌을 때도 탐정 작업을 해나가야 하는 건 마찬가지였다. 먼저 엄마라는 존재를 머릿속에서 정리해야 했는데, 갑작스럽게 엄마가 되어버렸으니까. 나를 따라다니던 한 가지 질문: 모성은 시인 H. D.[4]의 자궁 시선(womb vision)[5]처럼 새로운 시각을 선사해줄까? 이 세상엔 블랙홀처럼 우리가 차마 이해할 수 없는 게 너무 많은데. 정말이지 통탄할 일이다. 점박이 무늬가 있는 방에서 자란 강아지들이 결국 점박이 무늬 벽밖에 못 보게 되었다는 연구처럼. 내게도 점박이 무늬 같은 시각적 장벽이 있다면 무엇일지 궁금해진다. 내 아들 맥스는 그 너머를 바라보는 법을 가르쳐주고 있는 것 같다.

나는 마음의 작동 방식을 추적하며 관찰하는 게 좋다. 오래된 드라마 〈히어로즈〉를 보는 중인데, 돌연변이를 겪고 초능력을 얻은 이들이 주인공이다. 악당인 사일러는 아버지가 그러했듯 시계 제작자인데, 특별한 존재가 되고 싶어 한다. 그는 사물의 구조를 파악하는 천재적인 능력으로 특별한 이들의 뇌를 빼내 그들의 초능력을 얻게 된다. 임신하면 나도 초능력을 얻게 될까? 친구 제스는 임신했을 때 햄버거를 먹던 중 소들이 살던 흙 냄새까지 맡을 수 있었다고 했다.

종이 위의 영화감독—어떤 이들은 작가라고 부르기도 하는—으로서 나는 내 몸에서 아기가 머리를 삐죽 내민 채 걸어 다니는 느낌, 뇌라고 불리는 캔털루프[6]를 어깨 위에 얹고 다니는 느낌에 집중할 수밖에 없었다. 몹시 무겁고 단단한, 얼마 전엔 어떤 여자가 과일 샐러드에 넣으려고 하기까지 했던. ¶

처음 아이를 갖고 싶다는 욕망은 여느 날과 다를 바 없는 어느 저녁, 베트남 샌드위치와 버블티를 먹던 중 불쑥 찾아왔다. 해마 목걸이를 찬 순간, 때마침 엄마는 수컷 해마가 새끼 낳는 영상을 보내왔다. 이런 동시성이라니. 나는 아기를 고파하기 시작했다. 내 삶은 먹어 치우기로 정의된다. 책, 영화, 음식, 생각, 사람들까지도. 〈월-E〉를 보고 나서는 내가 어떤 로봇이 될지 곰곰이 떠올려보았는데, 아마 허기진 로봇이겠지 싶었다. 심지어 냉장고 안에 들어가 태엽식 이빨 장난감처럼 치아를 딱딱 움직이며 컵케이크를 먹어대는 꿈도 꾼다.

허공에 대고 뭔가를 씹다가 턱이 얼얼해진 채 깨어난다. 어떤 때는 상담 치료가 필요하지만 가끔은 그냥 정말 맛있는 베이컨과 달걀, 그리고 치즈가 필요할 따름이다. 데리다가 음식 비유를 썼다면 더 잘 이해됐을 텐데. 은행이 구움 과자를 모아두는 곳이었다면 은행을 털었을 텐데. 집 안에 쿠키나 케이크라도 놔뒀다간 매번 새벽 두 시에 입가에 초콜릿이며 설탕으로 범벅이 되어선 텅 빈 상자들에 둘러싸인 채 발각되고, 내가 안 먹었다며 손사래를 치게 된다는 게 늘 황당하다.

삶이 마치 눈이 보이지 않는 이모와 두는 무형의 체스 게임 같다는 생각을 하기 시작했다. 아이들은 주변 환경을 통제한다는 게 지극히 어렵다는 걸 깨닫게 해준다. 해방감과 동시에 공포가 밀려온다. 뭔가를 먹어 치우고 싶게 만드는 생각들이다. 아무래도 나는 거인의 접시 위에 놓인 고기, 하다못해 영화 〈톰 존스의 화려한 모험〉에 나오는 닭다리라도 되었어야 했다. 차라리 그들처럼 끝내주게 먹히는 존재였다면 좋을 텐데.¶

19

어쩌면 이 모든 건 우리가 고양이 두 마리를 입양했을 때 시작되었을지도 모른다. 그때 나는 갑자기 엄청난 열기에 휩싸였다. 고양이를 어미처럼 돌보고 싶었고 언젠가 인간 아이도 키우고 싶어진 것이다. 암컷인 피글릿은 요실금이 있었던 건지 미쳐버린 건지 우리로선 알 도리가 없었는데, 집 안 곳곳에 오줌과 똥을 싸댔다. 가짜 벽난로 안, 옷장의 깊은 곳, 침대에서 따끈한 똥 더미가 발견되곤 했다. 짜증이 났지만 동시에 엄마 되기의 적절한 훈련처럼 느껴졌다.

해마 영상과 베트남 샌드위치가 있던 그날 밤, 나는 정신과 약을 변기에 넣고 물을 내렸다. 아이가 없는 이전의 삶으로부터 이념적으로 영영 멀어지려고. 이미 상상 속 아이에게 말을 걸기 시작했지만 정신병원에 있을 필요는 전혀 없었다. 엄마 되기가 아직 벌어지지 않았더라도 그런 일은 충분히 가능하니까. 마침내 사회가 용인하는 광기를 얻게 되어 기뻤다. 깊숙이 굴을 파는 생물처럼 만물의 본질을 꿰뚫는 느낌, 사람들이 알아차릴 수 있는 창조, 그야말로 포이에시스.

역설적이게도 맥스가 태어난 직후, 배가 자주 아프고 끝도 없이 요구성 울음을 터뜨리는 신생아 때문에 작업에 꽤나 방해를 받았음에도, 그리고 스트레스를 받으면 먹어대는 습관 때문에 숱한 시간을 흘려보냈음에도 나는 그 어느 때보다 창조적이고 작가답다고 느꼈다. 생물학적 창조와 문학적 창조가 기묘한 대칭을 이룬다는 깨달음이 찾아왔다. 안에 있던 무언가를 바깥으로 꺼내는 작업으로서 황홀과 공포가 공존한다는 점에서 둘은 닮아 있었다. ¶

제니 불리(Jenny Boully)가 근사한 에세이 「들여보내달라고 애원하는 수많은 영혼들」(Too Many Spirits who Begged to be Let In)에서 썼듯, "어떤 일들은 안에서 밖으로 일어난다. 예컨대 존재하기. 그러니까, 작은 몸속에 꾸역꾸역 밀어 넣어졌다가 태어나기 […] 혹은 에세이가 확장되기 직전에 벌어지는 사유의 강렬한 압축 […] 그러니까 아주 오랜 시간 동안 무언가를 꼭 쥐고 있다가 비로소 바깥으로 놓아주는 일. 예컨대 글쓰기". 책 만들기, 아이 만들기, 먹기와 그 이후의 과정에 관해 깨달은 수치스러운 유비 관계도 있지만 그건 나중에 침대 밑에 숨겨둘, 이것보다 투박한 책에나 쓸 법한 내용이다.

모성에 관한 시적인 에세이를 탐구하면 할수록, 형식이 내용과 기이하게 연결되어 있다는 초현실적이고도 소름까지 돋는 감각이 들기 시작했다. 내가 놓인 이론적 상황이 몹시 흥미로웠다. 장르가 혼합된 예술에 심취해 있었는데, 이제는 내가 그 예술이 되어버렸다. 몸속에 작은 여자를 품은 여자보다 더 혼종적인 장르랄 게 있을까? 과연 엄마-작가는 푸코의 헤테로토피아 사례가 될 수 있을까? 공존할 수 없다고 여겨지는 여러 공간들을 하나의 실재하는 공간에 병존시킬 수 있는 존재가?

최근 한 친구가 말하길, 임신한 동안 내가 마치 아기를 품은 과학 실험체 같았다고 했다. 아니라고 할 수가 없었다. 영화감독 데이비드 크로넌버그는 어느 인터뷰에서 자신의 영화 〈비디오드롬〉의 제작 과정을 존 던의 형이상학적인 시에 빗댔다. '보디 호러'(body horror)[7] 영화로 유명한 감독이 자기 작업을 시인이자 성직자의 작품과 연결 짓는 것은 생각보다 터무니없지는 않다. ¶

크로넌버그가 언급한 개념은 새뮤얼 존슨이 주창했던 바다. 존슨은 형이상학 시에서 가장 양립 불가능해 보이는 관념들이 '폭력적으로' 연결된다고 썼다. 맥스를 임신했을 때, 포덤 도서관에 틀어박혀 이론 수업 준비를 하다가 데리다가 출산 이미지에 관해 쓴 글을 읽었다. 아기는 형태도 없고, 이름도 없으며, 의미와 그에 따른 위안마저도 건네지 않는 괴물 같은 존재라고. 데리다는 서구 형이상학의 해체를 목도하고 있었는데, 그건 또 하나의 탄생이기도 했다.

탄생을 논할 때 해체를 언급하는 게 이상해 보일지 모르지만, 결합하고 분해하는 일이 언제나 서로 연관되어온 철학의 전통을 떠올려 보자. 예컨대 죽음의 여정을 다룬 『티베트 사자의 서』는 독자를 죽음과 환생 사이, 그러니까 바르도라는 죽음과 재탄생의 중유 상태에 놓인 인식의 여정으로 이끈다. 이러한 모델하에서 삶은 직선보다 원에 가깝지만, 삶을 살아본 이라면 누구든 이 미로를 깔끔하게 표현할 적절한 방법 따위는 없음을 안다.

어느 날 밤 미노스의 아내는 흰 황소와 사랑을 나누었다. 테세우스는 미노타우로스를 죽인 뒤 풀린 실을 거슬러 따라감으로써 미로에서 탈출했다.[8] 그 괴물은 그저 버려진 아이에 불과했다. 그럼 나는 누구냐는 질문이 다시 제기될지도 모른다. 우리 모두 그러하듯 나 역시 언제나 탄생과 죽음, 변신, 그 사이 공간 언저리에 서 있다.

〈식스 피트 언더〉[9]를 너무 많이 봤으니 내게도 죽음을 논할 자격이 있다고 본다. 장례식장을 배경으로 삼은 가족 드라마라니, 이 아이디어를 떠올리지 못한 스스로에게 화가 난다. 그 작품은 이렇게 말한다. 마음껏 방부 처리하렴, 그러거나 말거나 우리 몸속의 이질적이면서도 지극히 필수적인 더러운 액체는 늘 우리 주변을 맴돌 테니까. 보호자 없이 워터 슬라이드를 헐레벌떡 내려오며 두 손을 허공에 내젓는 아이들처럼, 모든 진정한 기쁨이 그러하듯 우아함이라곤 찾아볼 수 없는 추한 모습으로. 결국 우리 모두는 대가를 치러야 한다.¶

23

고대 그리스인은 종잡을 수 없는 자궁이 히스테리의 원인이라고 했다. 이 장기는 여자 같다. 너무도 많은 걸 해낼 수 있는데도 터무니없는 혐의로부터 스스로를 지켜내야 한다는 점에서 말이다. 그런데 이제는 자궁의 산만한 속성을 말 그대로 이해하게 되었다. 출산 후 내 자궁은 본래 크기로 수축해야 했다. 눈부신 승리 이후의 퇴각이랄지. 물론 생명을 만드는 건 자궁에게 최고의 승리다. 내 몸은 아코디언이다. 나는 몸에게 이렇게 말한다. "아이와 함께 커졌다가 다시 쪼그라들도록 해." 몸은 명령에 따르려 애쓰지만 대개는 식욕이 이긴다. 이것이 바로 내 자궁이 부리는 마법이며, 나는 질겁한다.

어떤 이들은 이후에 돌이켜봤을 때 변신의 계기라고 짚어낼 수 있는 단 하나의 결정적인 순간이 있다고들 한다. 기폭제가 된 사건과 변신이 시작된 순간을 모두 알아차릴 수 있다는 이들도 있다. 정확하게 가리키기. 이렇게 말하기. "바로 그때였지." 다친 부위가 욱신거리면 곧 비가 내리겠구나 아는 이들처럼. 상처야말로 예언이므로.

24

맥스를 낳으며 내가 겪은 노골적인 출산 장면 속에서 나는 창조라는 행위의 급진성에 사로잡혔다. 내 안의 신비로운 무언가가 살아나 알토 음역대까지 이르는 것을, 나만의 창조적인 힘과 파괴적인 힘이 허벅지 사이에서 진동하는 것을 느꼈으며 내가 할 수 있는 거라곤 그저 압도된 채 바라보는 것, 패러다임을 전환하는 걸음을 더 자주 내딛기로 결심하는 것뿐이었다. 더불어 이 질문을 잊지 말자고도. 얼마나 더 깊이 나아갈 수 있을까? 아직 모르지만 결국 그곳에 도달하게 될 거야.

아이를 낳고 나니 내 몸에 대해 더 어떻게 말해야 좋을지 모르겠다. 그동안 몸을 일상적인 대상으로 여겼던 건 순진해빠진 생각이었다. 몸은 경계다. 장 콕토의 영화에서 저 너머 저승의 라디오 소리를 들을 수 있게 된 시인 오르페우스가 지하 세계로 떠날 때 통과하는 거울과도 같은.¶

수업 준비를 하며 데리다를 읽던 때, 내 안에선 생명이 자라고 있었고 도서관 창밖으로는 죽은 자작나무가 보였다. 원하는 연결과 원치 않는 연결, 자작나무와 책, 종말, 시작, 그 사이의 형언할 수 없는 파동이 풍경 속에서 요동쳤다.

우리가 삶에서 느끼는 대부분은 이름을 얻지 못한 채, 언어로 발산되리라는 희망조차 없이 우리 안에 갇혀 있다. 하지만 중요한 건 이 아기가 세상 밖으로 나온다는 것, 그럼으로써 이 아기에 관한 책을 탄생시키리라는 점이었다. 어쩌면 이 아이 자체가 글쓰기인지도.

무엇보다도 또렷이 기억나는 건 임신 중 느낀 온갖 태동의 결과를 내 눈으로 본 순간 심장마비처럼 찾아온 광기 어린 열정이었다. 이 보드라운 보랏빛 생명체가 불현듯 나를 찢고 나왔으며 나는 이 존재를 간직해야 하는구나. ¶

Abstract

초록

깜짝 퀴즈: 달걀은 가슴처럼 보일까? 아니면 눈(eye)처럼 보일까? 그것이 연상시키는 것이 우리가 어떻게 보이는지(how we are seen)인지, 혹은 우리가 어떻게 보는지(how we see)인지 가늠해보는 일은 중요하다.

내 감정 중추는 둘째를 갖는 것 외엔 바라는 게 없었고 지각 중추는 감정 중추를 정신병원에 입원시켜야 한다고 여겼다. 간호사 재키의 말처럼, 아이를 가질 이유도 숱하고 갖지 않을 이유도 숱하다. 결국 내가 택한 건 삶에 정열과 혼란을 더하는 쪽이었다. 그럼으로써 잠이나 제정신에 비견될 만한 상태는 완전히 빼앗길지라도.

그래도 괜찮다. 나는 주나 반스[1]와 나폴레옹 다이너마이트[2]를 섞어놓은 듯한 존재가 되고 싶으니 제정신이라는 건 딱히 중요하지 않다. 알다시피, 안정성은 삶을 살아갈 수 있게 하지만 안정되면 창조성을 잃기 때문에 두 상태를 번갈아 오가야만 한다. 나는 광기를 언제든 벗을 수 있는 코트인 양 걸친다. 가장 좋은 건 하루를 마치고 집에 돌아와 아들을 껴안고 잘 있었어? 인사하며 아무도 모르게 아이의 머리카락 냄새를 맡는 것만으로도 평온해지는 순간이다. 니체가 말했듯, "춤추는 별 하나를 탄생시키기 위해 인간은 자신 안에 혼돈을 품어야 한다".¶

Methodology

방법론

그리하여 나는 여자를 탐구해야 했지만 통계에는 약했다. 더군다나 나는 여자를 좋아하는데, 그들을 숫자며 수치로 해부한다는 건 그 애정을 잃는 일임을 깨달았다. 나는 엑셀 시트에 논문 진척도를 기록했다. 나 스스로가 일련의 배당금이라도 된 듯했다. 어쩌면 나는 배당금이 맞았는지도 모르겠다. 과연 내게는 그만한 가치가 있었을까? 그건 이후에 다시 말하도록 하자.

멀비는 1975년에 쓴 논문 「시각적 쾌락과 내러티브 영화」(Visual Pleasure and Narrative Cinema)에서 남성적 시선을 탐구하여 이후 수많은 페미니스트 비평의 토대를 마련해주었다. 멀비는 영화 속 여성의 모습이 남성에게 거세 불안을 불러일으킬 수 있다고 주장했다. 프로이트에 따르면 메두사가 남성들에게 유발한 공포에는 자신의 소중한 부위를 잘릴 수 있다는 두려움이 연동된다. 메두사가 임신 중이었다는 점에도 주목할 필요가 있다. 임신 역시 남자들을 덜덜 떨게 만들곤 하니까. 페르세우스가 메두사의 머리를 베자, 날개 달린 말 페가수스와 거인 크리사오르가 튀어나왔지.

모든 게 계획대로 된다면 나는 박사가 되겠지만, 위급한 상황이 닥친다면 그저 MLA 서식[1]만 겨우 맞춰 여자를 이해해보려 분투하는 일밖에 못 하게 될 것이다. 이론상으로는 논문 심사를 준비해야 하는 상황이지만, 실제로는 그레고리 셜(Gregory Sherl)의 시 「둘에서 하나 빼기」(Two Minus One)를 거듭 읽고 있다. 한 여자가 남자에게 전화를 걸어 유산했다는 소식을 알리는 내용인데, 사실은 남자가 그 소식을 어떻게 받아들이는지에 관한 시다. 그의 시는 지금 이 순간 내가 속속들이 탐구하려는 형식을 띠고 있다. 피터 존슨(Peter Johnson)의 말대로, 산문시는 한 발을 산문에, 다른 한 발은 시에 걸치고 있으나 두 발뒤꿈치 모두 바나나 껍질 위에 "위태롭게" 놓여 있다. 경험적으로 알게 된 건데, 나는 오로지 위태로우리라는 확신이 드는 지점에만 발뒤꿈치를 내려둔다. ¶

영화와 시선의 대상이 되는 여성 사이의 연결 고리가 어디서 비롯되었는지는 영화사를 통해 살펴볼 수 있다. 영화의 근간은 권위 넘치는 연극뿐 아니라 민스트럴쇼[2], 프릭쇼[3], 그리고 핍쇼[4]에도 있으니 말이다. 엘리자베스 스파이어스(Elizabeth Spires)는 1989년에 쓴 시 「뮤토스코프」[5]에서 바로 이러한 영화의 너저분한 과거와 그 함의를 담아낸다. 제목부터가 초기 영화 기술에서 따온 것이다. 스파이어스의 화자는 구멍을 통해 스트리퍼를 바라보는 남성 관음자의 자리에 스스로를 위치시킨다. 내 논문의 핵심을 꿰뚫는 기이할 정도로 통찰력 넘치는 구절이 있는데, 화자가 몸을 굽혀 직접 구멍을 들여다볼 때다.

"'집사가 본 것'을 보려고. 한 여자가 서툴게 / 옷을 벗는데, 어설픈 스트립쇼에서 / 나는 뮤토스코프 손잡이를 감아 / 느리게 혹은 빠르게 재생할 수 있다. / 나는 손쉽게 여자를 어둠 속에서 건져낸다— / 만질 수 없는 것에 영원히 자극받는 눈—"

여기서 스파이어스는 남성적 응시를 여성의 시선이 지닌 생동감 넘치는 힘으로 대체함으로써 서툰 스트리퍼를 구출해낸다. 내 눈으로도 생동감을 불어넣는 방법을 어떻게 하면 배울 수 있을까? 페미니스트 영화 이론가 테레사 드 로레티스(Teresa de Lauretis)는 멀비를 반박하며, 전문가들은 영화의 시선을 남성으로 젠더화하지만 본인은 여성으로서 영화를 본다는 것이 무엇인지 알고 있다고 주장한다. 나도 그렇게 느꼈는데, 여성으로서 본다는 게 무슨 의미인지 어떻게 전달한단 말인가? 그리고 여성이란 대체 뭔데?

32

참고: 어디나 마찬가지겠지만 특히나 짜증 나리만큼 매력적인 뉴욕에 사는 여자라면 지나가던 차들이 죄다 멈춰 설 만큼 대단히 형편없는 차림으로 집을 나설 때 묘한 해방감을, 심지어는 아찔한 쾌감까지 느낄 수 있다. 프리츠 랑의 영화 〈메트로폴리스〉를 여성적 시선으로 보고 나서 뇌리에서 떠나지 않은 건 바로 자동인형 같은 여자의 이미지였다. 마녀이자 성녀이자 창녀라는 여성성의 '전부'를 가여운 바이마르 여배우 브리기테 헬름이 누구보다 세세하게 재현해냈달지. 그러니까 내 궁극적인 목표는 늙고 추한 마녀가 되어 브루클린 골목을 배회하는 것이라고도 할 수 있겠다. 겹겹이 껴입은 것들을 하나씩 벗어던져 결국엔 나를 바라보는 누구든 돌로 변하게 만들어버리는.¶

스트리퍼 이야기가 나와서 말인데, 종이 위에 경험을 적어 내려가는 것에 어떤 에로틱함이 존재한다면 작가로서 나는 옷을 하나도 벗지 않고 공연을 끝내려는 이국적인 댄서였다. 내 삶의 이야기에는 어떤 비밀스러움이, 어느 정도 암호화된 속성이 필요했다. 그러고 보면 이런 암호화야말로 여자들이 영원히 해왔던 일이자 가장 오래된 천명이 아닐까? 그렇다면 이제는 그러지 말아야 하는 것 아닐까? 그럼에도 나는 여전히 숨고 싶어 하는 내 면면을 돌보고, 어루만지고, 밤이면 재워야 했다. 나는 비밀스러운 자아에 관해 쓰고 싶었다. 그들에게 덧씌운 신비의 이미지를 망쳐버리는 일이라 여성들로서는 차마 꺼내지 못하는, 그들의 매혹적인 실제 삶을 모조리 털어놓는 글을. 그러나 끔찍하게 두려웠다. 이럴 땐 어떻게 하면 좋을까?

한 번도 공개한 적 없는 글을 써야 할까? 공로를 인정받지 못하겠지만 가명을 쓸까? 그런데 나는 대체 왜 이렇게까지 인정받고 싶어 할까? 왜 나는 치즈와 탄수화물과 인정받으려는 욕망에 항상 이렇게까지 굶주린 걸까? 남자들도 인정받으려는 욕구 때문에 자괴감을 느끼나? 대체 누가 나를 어깨너머로 훔쳐본다고? 내 문서의 비밀번호가 셜록 홈즈급도 아닌데 말이지. 이건 의도적인 걸까? 또 하나의 먹물 스트립쇼? 성적인 전율? 전율이라고 쓰고 또박또박 포르노적이라고 읽기. 컴퓨터의 자동 완성 기능이 '술탄들'로 고쳐버리는 내 안의 슬럿[6]-스러움(sluttishness)이 또 발동한다. 뭐 어쩌라고. 이베이에서 낡아빠진 내 뇌를 팔아버리면 그만이지.

리얼리티쇼가 난무하는 시대에 미스터리의 역할은 대체 뭘까? 「레이디 라자루스」(Lady Lazarus)[7] 스타일로 뼛속까지 훤히 드러내려 애쓸 때조차 나는 모든 걸 보여주면서 동시에 아무것도 보여주지 않는다. 이것이 여자일까? 이것이 우리가 살아남는 방법일까? 내가 건넨 암호를 당신이 조합해내 말할 수 없던 것을 말하게 하는 방법? 어떻게 가능한지는 모르지만 직감적으로 이해하는? ¶

34

나의 경우, 사람들의 내면세계를 죄다 벗겨내(strip) 텍스트로 만들어 읽기를 즐긴다. 구절들을 해독하는 데 전념한다. 모든 문장 앞에 머뭇거리다 그들 삶의 미니어처 속으로 뛰어든다. 마침표를 마주하면 멈추고, 쉼표의 솟아오른 곡선을 문지르고, 세미콜론 옆에서는 가만 머문다. 그래, 이렇게 읽다 보면 내 삶은 주해처럼 느껴진다. 다른 누군가의 훨씬 더 풍부한 텍스트에 달린 각주처럼, 더 큰 그림 속의 픽셀 하나처럼. 하지만 그만둘 수가 없다. 이런 모자이크 같은 과정이야말로 글을 쓰고 삶을 사는 나의 방식이다. 심지어는 남편과 함께 두 아이를 만들어낸 과정도 이러했을 것이다.

이것이 내가 파편 같은 행갈이가 존재하는 시, 그리고 가차 없는 컷으로 이루어진 영화를 사랑하는 이유이기도 하다. 수전 손택이 "당당하게 이기적"이라고 일컬은 아포리즘에 푹 빠진 이유도 이것일지 모른다. 무한히 복잡하며 수수께끼 같은 남편과 아들을 열렬히 사랑하는 이유도 확실히 이거다. 나를 매일같이 곤경에 빠뜨리는, 우리 집에 사는 두 소년.

해체와 재구성이라는 감각은 내가 커서 되고 싶었던 모습과도 연결된다. 대학을 갓 졸업했을 당시, 만사를 분해해 황홀한 괴물로 재구성해내는 기술에 능통한 강박증 초보자를 찾는 구인 광고가 하나도 없어 나는 의기소침했다. 『스킨쇼』에서 잭 핼버스탬은 괴물성이란 과도한 해석 가능성과 긴밀히 연관되어 있다고 말한다. 그는 괴물성을 단일한 의미에 가두는 것을 경계하며, 오히려 괴물성을 타자성의 증식과 연결한다. 그러니 괴물은 프랑켄슈타인이 아니라, 어떤 주체가 정의 가능성의 한계를 유유히 빠져나감으로써 미치게 만드는 방식이다. 그러니까, 혼종적인 예술과 여자들이 언제나 그러하듯. ¶

온갖 곳에서 비밀 부호를 본다. 그러나 인지되지 않은 채 입에서 흘러나오는 지성의 파편은 내가 해독하려는 공간에 살포시 닿자마자 흩어져버린다. 매일같이 새로운 황홀이, 암호화된 논리가, 최초의 의미 부여를 거부하는 내면의 덩어리들이 찾아온다. 내 눈가는 미스터리의 깊은 흔적으로 주름져 있다.

명료하게 표명된 체계를 내게 건넨다면 나는 그 밑에서 소용돌이치는 삶을, 보이지 않는 것들의 날랜 언어를 발견할 것이다. 동전 하나를 쥐여주면 내 이야기를 당신에게 들려줄 것이다. 다만 나는 셰에라자드[8]이니 이야기는 매번 달라질 텐데, 나 역시도 당신이 아무리 애쓴다 해도 해독할 수 없는 비밀 부호이기 때문이다. 그러므로 이 모든 것은 진실이다. 다만 어둑한 유리 너머로 보일 뿐.

내게 에세이 쓰는 법을 가르쳐준 남편이 오늘 말했다(물론 절대 이런 식으로 말하는 사람은 아니고 내가 약간 바꾸어 인용했다). "사람들의 마음에 들고 싶을 때나 멀찍이 물러나 이론을 들먹이는 거야. 아주 가까이 다가가봐. 몸속으로 독자를 초대해 당신 심장에서 어떤 냄새가 나는지 상세히 묘사해봐." 실은 그가 한 말은 이거였을 것이다. "당신은 좋은 작가야. 가식적으로 굴지 마." 하지만 이미 늦었다. 유의할 것: 열여섯 살 때 누군가 내게 이렇게 말해줬더라면? "저기 비뚜름하게 모자 눌러쓴 이름 이상한 남자애 있지? 글쎄, 지금은 믿기지 않겠지만 넌 언젠가 저 남자애랑 결혼하게 될 거야." ¶

남편이 한 말의 요지는 내 이야기를 쓰라는 거였다. 지난 며칠 내내 나는 말하면서 말하지 않는 두 짧은 글자 '미투'가 마침내 해방되어 여기저기 떠도는 모습을 지켜보았다. 쉼표도 거의 없이, 내 페이스북 피드라는 망망대해 같은 트라우마 공유의 장에서 말이다.

이토록 방대한 암묵적인 폭로에는, 전부 다르지만 제각기 아픔을 지닌 말로는 다 할 수 없는 이야기들에는 어떤 해방감이, 경이로움이 있었다. '미투'라는 두 글자를 읽으면 읽을수록 슬퍼졌다. 연대하는 마음이었긴 해도 슬픔은 슬픔이었다. 그 두 글자를 나도 직접 쓰기까지는 너무 오랜 시간이 걸렸다. 내 손가락은 허공에서 떨리며 컴퓨터 키보드 위를 맴돌았다. 트라우마의 논리는 서사시적이며, 내게는 언제나 안전을 기하기 위해 특정한 암호화가 필요하다고 여겨진다.

내가 암호화되지 않은 회고록 작가가 아닌 건 아마 이 때문일 것이다. 나는 내게 일어난 일을 정면으로 이야기하는 걸 단 한 번도 좋아한 적이 없다. 오직 옆에서 비스듬하게, 알아보기는 어렵지만 왠지 익숙한 느낌으로 보여줄 따름이다. 밤을 꼬박 새워 픽션으로 만든 뒤에야 해가 떠 있을 때 할 일을 위해 지하철을 타러 간다. 에밀리 디킨슨과 마찬가지로 나도 "비스듬하게 그러나 진실만을 말한다". 커먼 마리아 마차도의 소설 속 여자들이 그러하듯, 진실은 픽션과 시에 통해 은밀하게 수놓아져 있다.

그러다 문득 이런 생각을 한다. 직설적으로 드러내야 하는 건 아닐까? 그러지 않으면 사람들이 혼란스러울 수도 있잖아. 탈출할 도구라곤 아무것도 쥐여지지 않은 채 터널 속에 갇힌 것처럼 말이야. 그래도, 생각을 잇는다, 사람들은 어떤 느낌인지 정확하게 알아볼 거야.

자신이 겪은 바를 상세하게 고백하는 모든 여자를 존경하지만, 나는 아무래도 그럴 수가 없다. 어쩌면 그냥 겁쟁이인지도. 하지만 미투 운동이 폭발하는 와중에도 나는 암호화를, 픽션화를 하지 않을 수가 없었다. 나는 매 순간 내 삶을 다시 쓴다. 모든 여자가 다 그렇게 한다는 게 내 생각이다. 세상이 기록하지 않은 모든 이들 또한. 다시 말해, 극소수를 제외한 거의 모든 사람이 그렇게 한다.

디테일은 내 것이지만 트라우마는 우리의 것이다. 우리 모두 거기 있었다. 공포 앞에서는 시계의 째깍거림마저도 스스로의 해체를 알리는 낯선 신호로 느껴진다는 걸 우리는 배웠다. 아픔만이 존재하는 그 순간, 다시는 아무것도 확신할 수 없게 되는 바로 그 순간, 이렇게 말하는 것 외에는 더는 이해할 수 없는 언어가 되어버린다는 걸. "어쩌면 내일은 비가 내리지 않을지도 모르지."

나는 다른 여자들(그리고 남자들)의 글에서 내 비밀 언어의 기호와 상징을 찾아 헤맨다. 나를 변화시킨 상처 자체뿐 아니라 변화한 이후의 나와 내 안에서 변화한 것들을, 종이 위 왼쪽에서 오른쪽으로 나아가며 글자로 써 내려가려고 애썼던, 죽음으로부터 귀환한 내 안의 무언가가 전하는 기별을 기록하고자 애썼던 과정까지도. 다만 누구도 정확히 알아차리지 못할 혀로써. 그러나 다른 이들이 이해하지 못하는 게 문제가 아니었다. 오히려 문제는 다른 이들이 이해할 수 있었다는 점이다. 때로는 내가 직설적으로 말했을 때보다 더욱더 선명하게.

나는 당신에게 폭발이 아니라 버섯구름을 보여주고 싶다. 당신이 본다면 몸으로 느낄 수 있는. 산산조각 난 파편들을, 그리고 동시에 조각들을 재조립해 만들 수 있는 예술의 형식을 보여주고 싶다.

당신에게 약속한다. 이 세계에서 상처 입은 존재들을 위해, 그러니까 우리 모두를 위해, 밤이면 밤마다 상처를 계속해서 쓰는 이들을 위해 나는 매일같이 싸우겠다고. 그리고 가능하다면 우리가 서로 상처 입히는 일을 멈출 방법에 대해서도 쓰겠다고.¶

멀비가 남성적 시선의 대안으로 제시하는 바는 구시대적이며 폭압적인 형식을 초월하여 일반적으로 재미있다고 여겨지는 것의 범위를 확장하는 것, 그럼으로써 새로운 욕망의 언어를 써 내려가는 것이다. 그런데 그 언어는 과연 어떻게 생겼을까? 이미 존재할까? 만약 아니라면 어떻게 발명해야 할까? 특히나 내 언어를 힘주어 말해야 할 때조차 목소리가 덜덜 떨리지 않도록 아직도 연습하는 중이라면?(이건 머리카락을 배배 꼬거나 아이를 갖는 일처럼 여자로서 살아가며 몸에 밴 신경증적인 습관이다)

내 삶에도 질문이 있었다면 이것일 터다. '이런 문제를 해결해줄 사설탐정도 있을까?' 하지만 여성성이라는 수수께끼를 풀어야 할 때면 나는 빈손으로 터덜터덜 돌아서곤 했다. 사실은 이렇다. 내 삶과 다른 모든 여자들의 삶을 이야기할 새로운 장르를 발명하고 싶었지만 아직 나는 그만큼 똑똑하지 않았다. 언어 안에서 여자들이 자유로울 수 있는 특별한 공간을 만들고 싶었지만, 이 괴상한 책의 원고를 몇 번이고 고쳐쓰기만 했다.

40

이 시점까지도 장르를 넘나드는 새로운 기술을 발명하지는 못했다. 더는 생각이 흘러가지 않는다고, 정적에 짓눌린 채, 폭력을 당하기라도 한 것처럼, 이렇게까지 마비될 수 있음에 아연실색하며 서로 부딪히기만 한다고 말할 수도 있겠다. 온갖 것이 제자리가 아닌 곳으로 계속해서 미끄러졌다. 마음의 밸브에서 양말이, 기억의 항구에서 판초가 발견되는 식이다. 대체 누가 판초를 그렇게 열심히 기억하느냐고 물을 수도 있다. 바로 나랍니다. 하지만 이 우스꽝스럽고 어처구니없는 사건을 풀어야만 했다. 다 쓰고 나면 이 글이 내게 이 말을 들려주기를 바랄 뿐. "해굿, 수수께끼를 참 잘 푸는 여자였지."

어린 시절 나의 또 다른 꿈은 세스티나[9]에 숨겨진 비법을 밀매하는 CIA의 시(詩) 요원이 되는 거였는데, 사려는 사람이 아무도 없었다. 대학을 졸업하며 휘황찬란한 문학사 학위를 얻었지만 실상은 심각하게 형편없는 비서에 불과했다. 매일 지하철을 타고 여덟 시간씩 꼬박꼬박 일을 망치다가 결국 박사과정에 들어갔다. 하지만 여전히 겉돌고 있다. 어쩌면 내가 쓰고 싶은 논문 주제가 이거라서일까. ¶

학계에서의 미래가 좀 걱정되었다. 입학한 첫날부터 우리는 절대 직업을 얻지 못하리라고 모두가 입 모아 말한 데다, 그 말이 맞았기 때문이다. 시(詩) 멘토인 헤더가 맥스를 처음 보러 왔을 때(아이가 목이 터져라 우는데도 열심히 안으려고 했다) 나는 졸업 후에 학계에 남아야 할지 물었다. 그녀가 말하길, 처음 얻은 교수 자리는 허허벌판 같은 데였는데 그래도 새로운 종류의 올리브를 먹어볼 수 있던 건 좋았어. 그 말에 나는 마음을 굳혔다. 계속 가봐야겠어.

학계에 남는 건 괜찮은 결정 같아 보였다. 여기서 살아남으려면 연구하고, 주석을 달고, 어형 변화를 탐구해야 하니까. 내 마음은 모든 조각을 한 줄에 끼워 맞추려 애쓴다. 생각은 쌍을 이루어 찾아오는데, 가끔은 속도가 너무 빨라서 볼 수는 없고 다만 거기 있다는 걸 알게 될 뿐이다. 나는 글자들 사이를 날아다니며 대패질한 문장이 뿜어내는 김을 들이마시고, 절정과 좌절의 뿌연 안갯속을 헤쳐 간다. 마침내 글자들이 금기된 쾌락으로 변할 때까지. 아무래도 빠져나갈 방법이 없다. 어렸을 때 나는 도무지 풀리지 않는 뒤얽힘 속에서 놀곤 했다. 나는 언제나 지구에 온 외계의 방문자, 모든 것을 경이로워하며 받아들이는 기록자다. 그래도 문제는 남는다. 어떤 순간에 존재하면서, 동시에 순간을 쓰는 것이 가능할까?

42

나는 어떤 덩어리가 지나간 다음 전체적인 구조를 한눈에 바라볼 수 있게 되는 순간을 갈망한다. 온 우주가 어떤 축 위에 펼쳐지되 그 덩어리를 한계 지우지도, 축소시키지도 않는 순간을. 갑자기 만물이 다 맞아떨어지고, 무엇을 암시하는지도 훤히 보인다. 말로는 표현할 수 없는 일종의 추상적인 상태인데, 새벽 5시 37분인 지금 키보드 위에서 나는 어떻게든 그것을 언어로 만들려고 고투 중이다. 밤새워 글을 쓰고 나면 술집에서 진탕 싸움이라도 벌인 듯 기진해지는 이들의 자조 모임이 있다면 참여하고 싶다. 커피의 놀라운 점은 잠에서 깨어 아무 생각 없이 들이켜고 나면 세상을 정복하고 싶어진다는 점이다. 커피는 내 진창 같은 사고력을 전투하는 외계 로봇으로 만들어준다. 트랜스포머처럼.¶

43

불면증은 왜 열병에 들린 듯한 글쓰기의 기예를 불러일으키는 걸까? 잠이 오지 않는 밤이면 우편함으로 가듯 컴퓨터 앞으로 가서 앉고, 그러면 문장이 쏟아진다. 커피를 하도 마셔서 각성되다 못해 묘하게 취약한 상태가 되고, 갑자기 변덕스러운 공상에 사로잡힌다. 비딱하고도 비범한 개념들이 이리저리 뒤얽힌 채 내 위로 내려앉는다.

어느 날에는 새벽 4시에 몽롱한 상태로 화장실에 갔는데 거울 속에 요정 날개가 언뜻 비치는 것 같았다. 자세히 보니 완성하지 못한, 잊어버린 게 확실한 프로젝트에 관한 오래된 포스트잇 메모 조각이었다. 요정 날개 가설이 조금 더 마음에 들었기에 살금살금 빠져나가 컴퓨터 앞으로 돌아갔다. 제일 힘든 건 좋은 시(詩)에 그나마 가까운 뭐라도 쓰려면 상처받거나 반쯤 미쳐버린 상태여야 한다는 점이다. 마음의 방향이 홱 틀어지고, 갈피를 못 잡고, 뒤틀리고, 굽어지고, 기울어지고, 갈팡질팡하고, 기우뚱 쏠리려면 말이다.

강의실에 앉아 있을 때면 옆에 앉은 학생도 나처럼 응응거리는 상태일지 궁금해지곤 한다. 활력에 관한 찬가를 쓰려 할 때조차 그 넘쳐흐르는 활력에 덜컥 겁먹게 되는 기분인지, 자신의 문학적 우상들과 기나긴 논쟁을 벌이는지, 그들이 답을 들려주지 않으면 눈물이 터지기도 하는지, 뭔가를 할 준비가 되었냐는 질문을 받으면 이렇게 답하고 싶은 충동을 억누르기도 하는지. "준비라고? 발버둥 치고 있을 뿐인걸." ¶

44

카페인을 과잉 섭취하고 나면 생각들이 총알처럼 변하는데, 몹시 놀라운 감각이다. 지금 당장 나가서 아무거나 쏘아버리겠어. 독자를 납치하는 완벽한 생각 UFO를 만들기 위해 키보드를 쿵쾅거리듯 치겠어. 아이디어가 본격적으로 끓어오르기 시작할 때 가슴께에 밀려드는 흥분, 심장마비의 정반대 같은 그 상태가 바로 내가 살아가는 이유다.

그런데 그보다 먼저 저질러야 할 범죄가 있다. 억겁의 세월이 걸릴 수도 있는 일이다. 내 안의 검열자를 죽이는 일. 녀석은 이미 내가 한밤중에 식은땀을 흘리며 잠에서 깰 만큼 과하게 활약 중이다. 이미 나는 지나치게 많은 면을 세계 정보 센터에 노출해버렸는데, 녀석은 바로 그곳을 해킹하려 한다. 호기심 많은 시선들 앞에 나를 훤히 내놓고 스스로를 완벽한 표적으로 만들어버린 것이다. 세상 사람들을 향해 "나 여기 있어요, 구제 불능으로 예민하고요, 여러분이 노리는 내 약점들이 여기 있답니다, 짠!"이라고 외치는 셈인데 도무지 어쩔 수가 없다. 이것이 내가 아는 유일한 존재 방식이다. 공공장소에서 하루도 빠짐없이 매일같이 시끄럽고, 날것으로, 훤히 드러난 채 내면까지 온통 발가벗겨져 있는 것. 이런 상태가 정말 중요한데 왜 우리는 얘기하지 않는 걸까? 왜 감추는 걸까?

나에게 영감이란 해부할 수 있을 만큼의 신체적인 고통이다. 턱관절 장애, 지끈대는 두통, 허리 통증까지. 내 얼굴은 언제나 붉다. 결국에 가게 된 병원에서 피부과 의사는 내 얼굴이 하도 붉어지다 못해 혈관이 터지는 지경에 이르렀다고 했다. 말하고 싶은 건 한가득인데 내 안의 검열 기관이 승인할지 확신이 없어 가슴에 통증이 인다. ¶

아, 금방이라도 터져 나올 듯한 수많은 검은 다람쥐들을 몸속에 품고 있는 영광스러운 고통이란. 이 검은 털을 뒤집어쓴 주제들을 마당에 내던져 버리고, 퉁명스러운 이웃의 수영장에서 알몸으로 수영하고, 정화 필터에다 생리 혈과 더불어 에세이 한 편을 남길 수 있다면. 너무나 맞는 말이 담긴 투고 거절 편지를 너무나 많이 받은 바람에 오늘 밤엔 글을 쓸 수가 없다고. 줄곧 도시에서 살아왔긴 하지만 그 거절의 말들은 내면의 변두리 지대와 지나치게 가까웠다고. 차를 마시며 우아하게 나누기엔 영 어울리지 않는 이야기들이라 오늘 밤은 차마 쓸 수 없다고.

이건 내가 학생들에게 말해주는 내용이기도 하다. 작가란 실패의 전문가라는 것. 끝내 이뤄내는 작가와 그러지 못한 작가 사이에 존재하는 차이는 극도의 어리석음이라는 탁월함뿐이다. 가족 친지 모두가 안쓰러워하며 제발 그만두라고 애원한 지 오래인데도 계속해서 잠긴 문에다 대고 자신을 내던지는 것. 하지만 뒤지게 아프다. 게다가 내가 부딪혔던 그 문은 대체 뭐였을까? 나는 만물의 살덩어리 같은 본질에 대한 계시를 봐야 했다. 이렇게 말하는 편이 더 정확할지도 모르겠다. 계시에 좆되거나 계시를 좆창 내고 싶었다고.

46

1953년 '시와 영화' 심포지엄에서 마야 데렌은 시의 수직적인 전략과 산문의 수평적인 전략 사이의 대비를 설명했다. 시인 딜런 토머스, 극작가 아서 밀러, 시인이자 영화감독인 윌러드 마스(Willard Maas), 시인이자 영화평론가인 파커 타일러(Parker Tyler)와 패널로 함께한 자리였다. 토머스는 서서든 누워서든 자기는 다 사족을 못 쓴다고 대꾸했으며, 청중은 의례적인 웃음으로 화답했고, 시와 영화를 결합하는 예술 형식에 관한 데렌의 논의는 무례한 성적 농담으로 전락하고 말았다. 이런 식의 일이 늘 벌어지기에, 「가부장적 시」에서 거트루드 스타인은 여자들더러 남자들이 그녀들을 일컫는 언어 바깥에서 살라고 권고했다. "그녀가 시도하도록 하라. / 그가 말한 것은 절대로 되지 마라." 유일한 해결책은 스스로 글을 쓰는 것, 쓴 대로 사는 것뿐인 것 같다. 또한 만약 스스로를 표현할 장르가 아직 존재하지 않는다면 직접 발명할 것.¶

그렇게 위험천만한 새로운 문학적 여정이 시작되었다. 사실 그 여정이란 매우 감성적이고 섬세한 '프레고[10] 작가'라는 제목을 단 워드 문서의 페이지들 사이에 존재했다. 분류 불가능하며 장르의 틀을 뛰어넘는 작품이 되거나, 그저 형체도 없이 흉한 더미가 되거나. 나는 변명을 지어내는 중이었다. 딱히 회고록을 쓰고 싶었던 건 아니야, 아무도 관심 없잖아. 우리는 포스트모던 시대에 살고 있으니 어찌 됐건 해체된 일기가 되지 않겠어? 내 몸이 조각조각 분해된 사진 일기 같은 거 말이지. 누가 그런 것 따위를 아마존에서 구매하고 싶겠어?

그래, 이건 완전히 솔직한 말은 아니다. 내가 회고록을 쓰지 않은 진짜 이유는 『좀비 영화 몰래 보면서, 떼쓰는 아이랑 역할 놀이하면서, 그리고 타키토[11] 먹으면서 글을 쓰는 절묘한 기술』 따위의 책이야말로 아무도 읽고 싶어 하지 않기 때문이다.

내가 회고록에서 좋아하는 점: 이미지와 아이디어가 글을 이끌어가고, 그 뒤에서 작가가 빼꼼 고개를 내민다는 것. 안 좋아하는 점: 고향 풀밭 얘기가 너무 많은 것. 이건 내가 도시 출신이라서일 수도 있고 곧장 본론으로 진입하는 글을 좋아해서일 수도 있다. 되도록이면 모든 것을 송두리째 바꿔놓는 역겹고도 충격적이며 숭고한, 이를테면 출산 같은 사건부터 시작되는 글.

Acknowledgments

사사

50

또 다른 질문: 남성들의 글 속에서 지나치게 자주 대상화되어온 어머니가 사실은 동시에 글 쓰는 주체이기도 하다면 무슨 일이 벌어질까? 우로보로스[1]? 아마겟돈? 오르가즘? 이제는 온갖 게 다 일기가 되는 지경에 이르렀다. 내 이야기는 내가 쓰는 모든 글에 스며들고 겹쳐진다. 학위논문을 위한 노트조차 미친 여자의 일기장 같다. 자러 갔어야 하는데, 쓰고 싶은 글쓰기의 모델을 찾느라 밤을 꼬박 새우고 말았군.

많은 작가를 발견했지만, 나의 내면세계와 가장 사무치게 맞닿아 있는 건 매기 넬슨이다. 『아르고호의 선원들』 첫 페이지를 친구에게 보여준 기억이 난다. 내가 느낀 것을 그 역시 똑같이 느끼길 바랐기에 불공평한 처사이긴 했다. 그는 얼굴을 붉히며 몸을 움츠렸고, 해당 대목에 언급된 항문 성교에 관해 어설픈 농담을 던졌다. 나는 세상을 다 잃은 듯 절망했다. 넬슨은 내게 글쓰기의 큰언니처럼 나아가야 할 길을 일러주는 유일한 존재였으니까. 글을 쓰려고 앉아 하루에도 몇 번씩 그녀를 떠올린다는 사실을 알면 넬슨이 내게 접근 금지 명령을 내릴까 봐 지금도 두렵다.

51

솔직히, 다른 여자들이 아직은 상상에 불과한 이 책을 읽고 이상한 반응을 보여도 아무렇지 않을 것이다. 아마 내 성격적 결함 때문일 텐데, 나의 '넬스넬리아'(Nelsonalia)를 스스로 통제하지 않는 이유이기도 하다. 작가이자 엄마로 살아가는 이야기를 담은 리브카 갈첸의 시적인 책 『소소한 출산들』(Little Labors)을 읽은 한 평론가는 TV를 보며 리브카의 옆자리에서 모유 수유하는 상상을 했다고 썼다. 만약 내 글이 그런 반응을 이끌어낼 수 있다면 잘해냈구나 싶을 것이다. 이렇게 타자를 치면서 진실로 원하는 건 다른 여자가 조금이라도 덜 외롭도록 도와주는 것이다. 눈물이 날 때 그녀를 아기처럼 안아주고, 다 괜찮아질 거라고 말해주고, 아참, TV 보면서 나랑 같이 모유 수유하고 싶은 마음이 들게 하기. 마지막이 제일 중요하다.¶

남성들이 쓴 시에 등장하는 여성에 관해 읽을 때 여성들이 결코 보지 못하는 것을 두고 시인 에이드리언 리치는 이렇게 썼다. "그녀가 발견하지 못하는 것은 책상 앞에 앉아 단어를 조합해내려 애쓰는, 쓰기에 푹 빠진 채 버벅거리기도, 어리둥절해하기도, 이따금 영감을 받기도 하는 존재, 그녀 자신이다." 이 어리둥절하는 존재, 여성 자신을 보여주고 싶다. 사타구니에 감각이 없어질 때까지, 떨어져 나갈 것처럼 바늘로 찌르는 통증에도 불구하고 끝끝내 앉아서 글을 쓴 모든 여자들에게. 당신에게 경의를 표합니다. 어쩌면 나는 당신을 사랑하는지도 몰라요. 우리가 만나게 된다면 당신도 나를 좋아할지도 모르죠.

친애하는 독자여, 나는 당신을 내 소울메이트, 연인, 가장 친한 친구, 나를 덜 외로운 사람으로 만들어주는 바로 그 사람, 나의 미친 발광과 갈 곳 없는 UFO를 이해해줄 사람으로 마음껏 상상하고 있다. 요점은 내가 당신을 보고 있다는 것이다. 당신 스스로를 보이는 존재로 여겨주시라.

가끔, 내가 지닌 가장 좋은 것은 베스트셀러 목록에 오르기 위해 억지로 끼워 맞추는 게 불가능한 기괴한 생각들이다 싶다. 이 책은 영화 속에서 추파를 받는 미녀가 아니라, 실제 여자들이 자신의 일부를 발견하는 과정의 산물인 것처럼 여겨졌다. 그들이 되고 싶어 하는 모습 말고 있는 그대로의 모습. 이것은 내가 꿈꾸던 근사한 소설과는 영 딴판인 책을 쓰는 이야기다. 번지르르한 껍데기 말고 핵심을 쓰는.

하지만 여전히, 원고를 베개 밑에 넣어두고 자도 이빨 요정[2]이 영영 찾아오지 않을까 봐 두려웠다. 교수 친구인 제이슨의 말이 이 원고를 밖으로 끌어내주었다. 이메일에 이렇게 써준 거다. "메릴린 로빈슨도 집안일이 뭔지 진정으로 알아차리고, 있는 그대로 놓아둘 줄 알게 되었을 때에야 자기 작품 『하우스키핑』을 쓸 수 있었어. 굉장히 정교하게 교차하는 비유가 먼저야. 인물과 플롯은 부차적인 거고." 이렇게 그는 내가 아름답거나 유쾌하진 않더라도 뭔가를 만들고 있음을 깨닫게 해주었다. 정말 그렇겠지? 이 과정은 우리의 근본적인 존재론적 난제를 보여주는 좋은 사례다. 우리는 커다랗고 반짝이는 뭔가를 강박적으로 쫓아가고 실은 삶 자체가 추구인데도, 우리는 끝끝내 붙잡지 못한다. 지금 나도 다른 책을 쓰고 싶다는 내용으로 이 책을 쓰고 있지 않나. 그러므로 이것은 나와 내 아이들, 그리고 내 아이들에 관한 책이 어떻게 태어났는지에 대한 이야기, 우리의 기원 신화다. ¶

그런데 솔직히 찜찜했다. 아이디어라는 건 왜 이렇게 제멋대로일까? 생각과 이야기가 내 시의 행갈이 경계선을 넘쳐흘러 '보여주되 설명하지 말라'라는 소설의 원칙에 대항해 폭동을 일으키고, 프레드릭 제임슨이 언어로 만든 감옥[3]을 면도칼로 뚫어 비집고 나오는 꼴이라니. 캐럴라인 해굿: 2012년부터 편집자들을 화나게 만들다. 어쩌면 이 모든 게 이상과 현실의 괴리 때문에 벌어졌다는 생각이 든다. 가령 이상적으로는 규칙적으로 운동하고 만년필이나 심지어는 깃펜으로 글을 쓴다고 말하고 싶지만, 현실은 피자 한 판을 앉은자리에서 통째로 먹어 치우며 영감이 퍼뜩 떠오르면 잘근잘근 물어뜯은 악몽 같은 필기도구를 아무거나 침대 밑에서 집어 든다던지. 나는 아들에게 동화책을 읽어주는 데서 그치지 않는다. 나 자신이 바로 동화 속 악당이다.

왜 우리는 이런 이상에, 실재하지도 않는 극단에 집착하는 걸까? 사회 전체가 신비로운 과잉 위에 세워진 것 같다. 세상 끝에 있다는 저택, 강박적으로 집착하는 적도(赤道), 있지도 않은 각도. 거기까지 이르지 못했다는 이유로 내가 아는 모든 사람은 20대 후반이든 중년이든 인생의 위기를 지나고 있다. 어떤 각도에서 보나 위기는 매혹적이다. 의학적으로 볼 때 위기란 치유 아니면 죽음으로 이어지는 질병의 전환점을 뜻하는데, 의학적으로 보지 않아도 그와 비슷한 느낌이다. 이 책을 임신하고 잉태하는 동안 나는 패러다임의 전환점이 다가오고 있음을 느꼈다. 동시에 미래를 향한 원대한 꿈과 지금 내가 살고 있는 삶 사이에서 균형을 잡는 게 괴로웠다.

지금 이 순간도 그렇다. 나는 작고 아담한 글쓰기용 책상 앞에 앉아 있고 창밖에는 눈송이가 슬로모션으로 내리고 있다. 탐스럽게, 유유히, 흡족하게, 아무것도 증명할 필요 없이. 그리고 나의 2등 항해사인 고양이 맥시가 옆에 있다. 이 문장을 쓰며 그를 바라보는데, 내가 그에 관해 쓰고 있음을 아는 눈치다. 맥시는 눈 내리는 창밖을 내다보는 걸 좋아한다. 그의 눈동자는 나와 몹시 닮았다. 마치 내가 그의 눈으로 창밖의 눈을 바라보는 것 같다. 변덕스러운 이상 같은 건 존재하지 않는다고 주장하고 싶기도 하지만, 제임스 조이스의 「죽은 사람들」 마지막 문장을 읽어보면 오직 숭고함에서만 비롯되는 전율이 확실히 있다. "그의 영혼은 우주를 가로지르며 희미하게 떨어지는, 산 자들과 죽은 자들 모두의 위로 대종말의 강림처럼 내리는 눈 소리를 들으며 스러져갔다." 나는 바로 그것을 마음 깊이 갈망했다. ¶

벤 스틸러의 영화 〈청춘 스케치〉 속 몇몇 대사는 나의 혼란스러운 상태와 그로 인해 소소한 것을 껴안으려는 마음을 정확히 포착해낸다. 등장인물 중 한 명인 트로이 다이어의 대사도 잊을 수 없다. "이 모든 건 무의미해. 허무한 비극에 무작위로 당첨되거나, 그 상황을 가까스로 모면할 뿐이잖아. 그래서 나는 작은 것에서 기쁨을 찾아. 쿼터 파운더 치즈 버거 같은 거 말이야. 진짜 맛있잖아. 비 내리기 10분 전의 하늘, 네 웃음이 폭소로 터져 나오는 순간, 나는 편안하게 앉아 카멜 스트레이트 한 대를 피우며 나른해질 때." 모든 건 유의미할지도 모르지만 내가 찾아 헤매던 무언가는 아니었다. 의미란 쿼터 파운더 치즈 버거에, 하늘에, 크게 터뜨리는 웃음에, 카멜 스트레이트에, 그리고 나른해지는 나에게 있었다.

아빠는 불교에 관해 이야기할 때면 늘 마음속에 푸른 하늘이 있다고, 명상을 통해 구름을 스르르 녹이는 거라고 했다. 『부모를 위한 도덕경』(The Parents Tao Te Ching)에서 윌리엄 마틴은 아이들에게 무엇을 일러주면 좋은지 기가 막히게 표현한다. 그는 우리가 매일의 경험에서, 그러니까 토마토와 사과와 배를 먹는 것에서 아이들이 경이를 발견하게끔 도와줘야 한다고 본다. 안타깝게도 나는 이렇게 훌륭한 조언을 실천하는 데는 영 젬병이다. 가끔은 놀라운 영적 깨달음을 얻기도 하지만, 대개는 밥 먹을 때쯤 되면 다 잊어버린다. 과정이 중요하다는 말을 하도 많이 들은 나머지 나는 다른 길로 들어서고 말았다. 잘되어가냐고, 왜 멈춰 있냐고 묻는 인간들을 더는 마주칠 필요가 없도록. 뭐 어때, 이게 미래의 방식이겠지.

음, 그래도 아들에게서 무척 중요한 철학적 교훈을 얻기는 했다. 어떤 것은 도무지 설명할 수 없다는 것. 가령 왜 맥스가 내 수납장을 털어 브래지어와 팬티를 목에다 한꺼번에 걸고 돌아다니는지(마치 거대한 음란-화환 같다). 그리고 아이들에게는 무거운 소식을 부드럽게 전할 필요가 있다는 것. 가령 "놀기로 한 친구가 너의 머리 없는 엘모[4]를 원하지 않는대. 다른 애들도 다 그렇대." 그렇기는 해도 우주를 향한 궁극적인 질문(왜 본가에 갈 때마다 부엌에는 싹 난 양파가 있는 걸까?)에는 답을 얻지 못했다.¶

이렇게 당혹스러울 때면, 아니 무슨 이유로든, 예전에는 술을 마시곤 했다. 고개를 홱 젖히고 의식을 꿀꺽꿀꺽 삼켜버리기. 내가 살던 브루클린의 아파트는 나만 들을 수 있는 고통의 주파수로 가득 차 있었다. 하지만 이제는 당혹감을 그저 느낄 수밖에 없다. 고개를 젖히고 뇌를 그대로 삼켜버려야 할지도. 술을 끊는 일의 첫 번째 문제가 바로 이거다. 마차에 올라탔지만[5] 여전히 개척지도, 야금야금 훔칠 새로운 영토도 없다. 술은 밤마다 나를 소리쳐 부르는 해적들의 땅이자, 쥐들이 파먹은 꽃이자, 예쁜 여자애들의 방에 빨래집게로 내걸린 더러운 폴라로이드 사진, 분노 덩어리, 수치심으로 붉어지는 얼굴, 교활한 남자들의 계보 중에서도 가장 교활한 남자다. 하지만 술을 입에 댔다간 초원 지대까지 도달하지도 못할 거다.

그래도 괜찮다. 온갖 정신적 격동에 옴짝달싹 못 한 채 변기 위에 앉아 있다 보면 남편과 아들이 집으로 돌아와 내게 바깥 세계를 상기시켜주니까. 이런 글쓰기는 내가 하루 중 가장 많은 시간을 쏟는 일이다. 가르치고, 먹고, 읽고, 영화 보고, 어떤 이들을 깊이 사랑하고, 당연히 많은 시간을 낭비하는 일도 한다. 단호하고 고귀하며 창조적인 대안들과 매운 닭 날개 백만 개를 먹고 고양이 영상을 보는 선택 사이에서 무슨 일이 벌어지는 걸까?

마차에 올라탄 상태가 개떡 같긴 하지만, 나는 미국 개척지의 변경(邊境)이 지니는 공간적 함의에 이끌리는 만큼 동시에 그 경계를 넘어서고 싶다는 욕망으로 가득 차 있다. 글로리아 안잘두아(Gloria Anzaldúa)는 『보더랜드/라 프론테라』(Borderlands/La Frontera)[6]에서 국경을 인위적인 개척지가 남긴 끈덕진 감정들이 발명한 불확정적인 공간이라고 규정한다. 이 나라의 다른 모든 작가들처럼 나 역시 '위대한 미국 소설'을 써내겠다는 포부를 안고 자랐지만, 그 영토란 여성들에겐 더욱더 멀리 있었던 듯하다. ¶

물론 몇몇은 슬그머니 행렬에 끼어들어 거기까지 도달했다. 하지만 리치는 버지니아 울프가 『자기만의 방』을 쓸 당시 얼마나 조심스러운 태도를 취했는지, 그 글을 읽게 될 남성들을 얼마나 깊이 의식하며 썼는지 말한 바 있다. 남성은 여성의 비판을 염두에 두고 쓰지 않는데 말이다. 어제 엄마가 울프에 관한 기사 하나랑 가짜 뉴스에 관한 기사 링크를 보내주었다. 삶의 모든 면면이 울프와 가짜 뉴스 둘 중 하나로 수렴되는 것 같다.

'위대한 미국 소설'이라는 관념 자체가 다분히 남성 중심적이다. 여성들을 마땅한 소설가로, 우리가 함께 겪은 시절에 관한 이야기를 전하고 끈덕지게 자신만의 예술을 추구할 만한 가치 있는 후보로 여기지 않는다는 게 문제라고 본다면, 논의 대상이 시 쓰는 여성이 될 때 이 문제는 천 배로 불어난다고 상상해보시길.

시인들이 짜증 나고, 허세 부리고, 질리도록 감상적일 수 있다는 건 인정한다. 그런데 중요한 건 시인이 과거엔 셀럽이었다는 점이다. 그들의 신성한 구절들이 리라 선율에 얹혀 노래로 불릴 만큼 시인은 당대의 서사시를 전하는 이야기꾼이었던 것이다. 그럼 그동안 무슨 일이 일어난 걸까? 보시다시피, 시인이 되려면 어느 정도 뻔뻔스러운 대담함을 갖춰야 한다. 끝도 없는 조롱의 표적이 되는 이들의 모임에 일원이 되겠다고 기꺼이 나서야 한다는 뜻이다.

시를 쓴다고 말함으로써 해마다 얼마나 많은 사람을 웃겼는지 셀 수도 없을 지경이다(몇 년간 그렇게나 놀림당하고도 더 말할 힘이 남아 있는지는 모르겠지만). 사람들 표정은 가관이다. 조녀선 프랜즌이 아닌 이상, 어떤 작가든 "저.는.작.가.입.니.다."라고 선언하기를 머뭇거리는 이유이기도 하다. 다른 하나는 돈을 거의 못 버는데도 이걸 직업이라고 할 수 있는지 주저하게 된다는 것.

나는 자주 굴복한다. 그리고 뻔한 사교 자리에서 만난 사람들에게 문예 창작을 가르친다고 말한다. 사실이긴 하지만 진실의 전부는 아니다. 시가 아닌 다른 글을 쓰기도 하지만, 내가 쓰는 것은 대체로 시적인 에세이라고 불리는 경계 지대에 속한다. 아무래도 시보다 더 논쟁적이고 조롱거리가 되는 분야다. 물론 픽션을 쓰려고 시도하기도 했다. 아직 제대로 읽혀본 적은 없지만.

온라인 문예지 중에 스스로를 인터뷰하는 시리즈가 있다(이 자체가 시를 써온 내 경력에 대한 발칙한 비유라고도 볼 수 있을지도). 나는 나에게 시인이 무엇인지 묻고는 이렇게 답했다. "시인은 중절모에다 기다란 생각의 실타래를 응축해 넣고, 예기치 못한 연관성을 찾아내며, 그렇게 만들어진 상징의 토끼들을 모자에서 짠 하고 꺼내 좀처럼 박수 치지 않는 관객들에게 보여주는 사람인데, 아무도 박수를 안 쳐서 우는 사람이다." 시인이 무엇이 될 수 있는지도 나에게 물었다. "박수를 못 받더라도 괜찮은 마술사." 그런 다음 시인으로 살아가며 가장 재밌는 점을 물어보았다. "원고료." 여성이 남성보다 보수를 못 받는 경우가 허다하다는 사실을 덧붙인다면, 음, 무슨 말인지 아시죠.¶

리치는 이렇게 썼다. "의식의 각성이란 국경을 넘는 것과는 다르다. 한 발짝 내딛으면 다른 나라에 가 있는 식이 아니다. […] 여성이 경험하는 피해의식과 분노 모두 실재한다. […] 그것들은 우리의 산통이며, 우리는 우리 자신을 낳고 있다." 나는 미국 역사를 만들어가는 데 보탬이 될 수 있다는 감각을 지닌 세대지만, 그 시대는 여성의 참정권 운동이 벌어진 지 60여 년밖에 지나지 않은 시기, 그러니까 여성에게 아무런 권리가 없던 때와 위험하리만치 가까운 시기이기도 했다. 여성이 공적인 의사 결정을 내릴 수 있게 된 역사가 얼마나 짧은지, 내가 얼마나 초창기에 태어났는지 가늠해보면 어안이 벙벙해진다.

헌법 제정과 더불어 건국의 아버지들이 이 나라를 세웠지만, 어머니는 어디에 어떻게 기입하면 좋을까? 제임스 조이스가 도시를 배회하며 똥 싼 일까지 구구절절 써냈던 그만큼 모성과 여성성에 대해 내가 쓸 수만 있다면.

그렇다면, 아이고, 모성이라니. 뭐부터 시작해야 하지? 어머니는 온갖 끔찍한 영화와 드라마에 등장한다. 주방에서 점심 식사를 만들고, 남편과 밍숭맹숭한 두통 유발 섹스를 하는 어머니가 일순간 내가 되어버렸다. 나는 갑자기 어머니가 되었다. 그러자 내 엄마에 대한 생각이 달라지기 시작했다. 망할, 뭘 말하고 싶은 거지? 이 지점에서 문제가 추악한 이빨을 드러낸다. 이따금 내가 스스로의 일면에 대해 도무지 써 내려갈 수 없는 마비 상태에 빠지는 까닭은, 이 모든 것을 여자로서 전부 다 드러내서는 안 된다는 뿌리 깊은 믿음 때문이라는 생각이 든다. 뭐랄까, 독자에게 역겨운 온갖 디테일을 잔뜩 먹여대는 건 남자가 더 쉽게 하잖아. 대표적인 예시: 필립 로스의 『포트노이의 불평』.¶

62

여성으로서 다면적인 삶을 산다는 게 대체 무슨 뜻일까? 1990년대 TV영화 속 알리사 밀라노[7]가 된 기분이 요즘 부쩍 든다. 안경을 벗고 난동을 피우게 만들어줄 나쁜 여자애의 유혹을 갈망하는 인물 말이다. 가슴속에는 혁명을 품고서 겉으론 착한 여자애인 척하는 게 나인지도 모르겠다. 85번가에서 온통 금빛 옷차림으로 모두가 찡그리며 돌아보게 만들었던 연세 지긋하신 여성분께, 저는 당신을 은밀하게 숭배하고 있었답니다.

어린 시절 함께 놀던 친구들에게 괴물이 얼마나 매력적인지 설명하려 애쓰던 때부터 나는 오랫동안 문학 속 무법자들, 따돌림당하는 자들, 그리고 누가 봐도 미치광이인 이들에게 매혹되어왔다. 내가 보기에 그 존재들의 매력은 우리가 다 안다고 생각한 것을 찢어발기는 능력에 있다. 플래너리 오코너와 셔우드 앤더슨의 작품에서 많은 이들이 그로테스크하다고 느낀 부분을 나는 더없이 사랑했다. 격분을 불러일으키는 존재를 향한 끌림은 소설 속 존재에게만 국한되지도 않았다. 나는 작가도 박력 넘치길 바랐다.

설령 동의하지 않을 때조차도 내가 사랑한 건 나를 흥분시키는 작가들, 편집자에게 편지를 쓰거나, 벽을 쾅 치거나, 확 도망쳐 오토바이 갱단에 들어가고 싶게 만드는 작가들이었다(나는 자전거도 못 타지만 말이다). 어른이 되면 글을 쓸 때만큼은 황소와 함께 달리겠다고 다짐했다. 비유와 잉크로 만든 가죽을 걸치고 반체제의 제단 앞에서 경배할 거야. 그런데 이 모든 걸 어떻게 엄마 되기랑 조화시킬 수 있을까?¶

『여성 영웅들』(Heroines)에서 내가 가장 좋아하는 건 케이트 잠브레노(Kate Zambreno)가 자신의 새로운 글쓰기 의식을 이야기하는 부분이다. 하이힐을 신고 거울을 들여다보며 이렇게 말한다는 거다. "넌 존나 천재야." 그런 다음 독자에게 이렇게 일러준다. "글을 끄적이는 자매들이여, 자기 자신을 쓰십시오. 자신의 진실하고 복잡한 면들을."

나만의 글쓰기 의식은 다음과 같다. 책상 위에 좋아하는 여성 작가들의 사진을 올려두는데 그건 내가 변태라서다. 사실은 벽 전체를 가득 채우고 있어서 평화로이 글 쓰는 공간이라기보다는 연쇄 살인범의 은신처 같다. 그게 맘에 든다. 고개를 들어 내 여자들(나는 그들을 내 소유라고 여기고 그들을 사랑한다고 생각한다)을 바라보며 경의를 표하곤 한다. "우리는 함께예요."

짐작했겠지만, 이 책은 에세이이면서 동시에 한 사람이다. 픽션인 것도 맞고, 에세이인 것도 맞고, 시인 것도 맞지만, 여자이기도 하다. 여기서 나를 만든 소리들을 당신이 들어주기를 바란다. 또한 여자들의 잉크 냄새를 맡을 수 있기를, 이 책이 노먼 메일러의 날카로운 표현대로 완전 "다이크[8] 같은 정신병자"이길 바란다. 내가 말하려는 건 이기다. 이 잉크가 뭘 할 수 있는지 남자에게 보여주자.

Introduction

서론

66

서른세 살이 되던 해, 거친 혀로 나를 핥는 무언가가 있었다. 치유의 화학 물질이 들었다는 귀여운 고양이의 혀 따위가 아니었다. 보기 좋게(pleasing) 다듬은 내 껍데기를 산산이 깨부순 것이 있었는데, 전혀 기분 좋은(pleasing) 감각이 아니었다. 그것은 바로 저 옛날 1963년 베티 프리단[1]의 주장이었다. 오늘날 젊은 여자들이 자기가 페미니스트가 아니라고 자랑스레 선언할 때마다 마음이 시든다. 차라리 남편과 내가 모든 것을 동등하게 나누려고 하지 않았다면 더 수월했을지도 모른다. 남편은 모유 수유를 할 수 없고, 임신을 할 수 없고, 그의 몸에는 우리가 함께 만들어가는 삶의 시각적 표식이 남지 않으며, 당장이라도 취업을 할 수 있다. 반면 내 몸은 매 순간 만천하에 나를 드러낸다.

더불어, 말로 표현하기엔 지나치게 복잡한 엄청나게 많은 요인들—하지만 반드시 말로 표현해야 한다고 느끼는 것들—로 인해, 집 안의 일로 여겨지는 것에서 오는 기쁨, 특히 모성이 주는 기쁨은 어쩐지 숨겨야 하는 것처럼 느껴진다. 회의실이나 대학이 아닌 네 벽으로 둘러싸인 소탈한 집 안에서, 빨랫거리 속에서 벌어지는 일이라서다. 그렇기에 나는 다른 이들 앞에서 내 삶의 엄연한 일부를 무시해버린다. 이것은 여성성과 모성의 지극히 슬픈 지점이다. 존재하기 위해 종종 우리 자신을 망가뜨려야 한다는 것.

드라마 〈스캔들〉에서 올리비아의 비극은 공들여 가꾼 머리를 원래대로 풀어 헤치는 것으로 드러난다. 올리비아가 한 남자를 살해한 뒤 아버지가 그녀의 상태를 확인하러 왔을 때, 올리비아의 애인 제이크는 그녀가 나아지고 있다고 전한다. 머리도 다시 손을 보겠다고 약속했다면서. 물론 그러지 않았다. 그녀는 침묵을 지켰다. 그러나 침묵은 너무도 자주 동의로 간주된다. 이제 당신에게 비밀을 하나 알려주겠다. 내게는 초능력이 있다. 떠벌리고 다닐 건 아니고, 그저 벼랑 끝까지 몰렸을 때 나타나는 능력이다. ¶

경고: 법정에서는 통하지 않을 내면의 진실을 드러내는 비유적 언어와 환상 다량 포함. 물론 이런 일이 매일 밤 일어나는 건 아니다. 몇 문장 써 내려간다고 해서 머릿속이 타자기가 되는 그런 경우는 없다. 절대로. 전혀. 드물긴 해도, 이 상태가 내 최고의 비밀이다. 자라며 내가 지닌 힘을 주장할 수 있게 되고, 존재해서 죄송하다고, 내 이야기와 다른 여자들의 이야기를 들려주고 싶어 해서 죄송하다고 끊임없이 말하는 것을 그만두면서 점점 더 자주 찾아오고 있다.

여성은 자기 자신이나 집 안의 영역을 넘어서는 주제를 글로 쓸 수 없다고 누가 말했더라. 몇 시간이 지나도록 팽팽 도는 머리 대신 타자기만 덩그러니 놓여 있을 뿐이니 확실히 난처한 상황이긴 하다. 게다가 시대를 따라가지도 못하고 있다. 컴퓨터도 아니고 타자기라니.

여자들은 태초부터 이러한 괴물성을 감각해왔는데, 나는 한 걸음 더 나아가 말 그대로 괴물이 되었다. 숙명적인 어느 날 내가 문학이 되었다. 피부가 연약해지고 투명해져 안이 훤히 보이는 얇은 종이가 되어가던 순간조차 아름답고도 믿기지 않았다. 나는 언제나 그래왔듯 반은 여자이며 반은 글쓰기인 하이브리드 존재로 변화했다. ¶

그래도 진심으로, 둘째를 가졌을 때는 한스 크리스티안 안데르센의 동화 속 주인공마냥 완전히 변해버릴까 봐 덜컥 겁이 났다. 인간 정글짐으로, 유축기로, 『아낌없이 주는 나무』처럼 무한한 자기희생의 원천이 되어버리고 말까 봐. 마지막 가지가 뽑힌 뒤에도 더 줄 수 있는 몸통은 남아, 그러니까 플라스틱 통에다 점심 도시락 몇 개는 더 싸주고 도기 냄비에다 저녁 식사 두 번은 더 차려준 다음 기어이 숨통이 끊어지겠지. 더는 견딜 수 없어 미쳐버릴 것 같은 무언가가 내 안에서 터져 나오고 있었다. 매체 수업에서 모두가 인용하는 그 영화의 앵커처럼.[2]

다행히도 실험적인 시와 영화의 컷업 기법[3]은 분노를 다루기에 특히 유용하다. 가령 제니퍼 리브스(Jennifer Reeves)[4]가 필름에 직접 스크래치를 내고 드로잉을 하는 행위는 자신의 표현 수단에 흔적을 새기는 방식이자 동시에 훼손하는 일이다. 데렌이 영화 〈폭력에 관한 명상〉(Meditation on Violence)에서 보여주는 복싱을 향한 관심은 공격성의 구조 자체를 포착하려는 시도다.

〈시네마 천국〉을 본 사람이라면 누구나 기억할 텐데, 필름의 재료인 셀룰로이드는 가연성이 무척 높기에 영화는 실제로 그리고 비유적으로도 큰불을 낼 수 있다. 그러니 운동성과 시각적 잠재성을 갖춘 영화와 내면세계를 포착하는 카메라를 지닌 시를 상호 병치하는 것은 바로 이 불길의 잠재력을 가동시키는 일이다.

그런데 요즘 내 안을 뚫고 나오는 분노는 혁명과는 거리가 멀다. 내가 느끼던 가장 무질서하고 규칙을 파괴하며 불법적이고 거의 반역적이기까지 한 감각은, 예술 괴물이 되고 싶다면 모조리 몰아내야 한다고 배웠던 감정과 동시에 치미는, 그만큼이나 강력한 갈망이었다. 바로 나의 모성과 재생산 능력, 그러니까 아이들을 키우는 능력을 전적으로 사랑하고 자랑스러워하는 것.¶

이렇게 지나치게 감상적인 엄마-스러운 감정은 시그리드 누네즈가 똑 부러지는 수전 손택을 묘사한 바와는 정반대다.[5] 아들의 안경을 그러쥐고 아무렇게나 박박 닦던 게 손택의 그나마 유일한 엄마스러운 행동이었으니 말이다. 숱한 어려움에도 불구하고 모성을 사랑한다는 이유로, 더군다나 그와 동시에 더 많은 걸 바란다는 이유로 내게 '시대 역행' 딱지가 붙을지도 모른다. 거칠게 '여성적인' 혹은 '모성적인'이라고 낙인찍힌 것을 애호하는 나를 둘러싼 이 감정들의 대격돌을 겪다 보니 다리 사이의 까마득한 부위를 거울로 들여다보던 일이 떠올랐다. 보이는 것을 마음에 들어 하면서 동시에 마음에 들어 하지 않고, 좋아해선 안 될 것 같다고 느끼다가도 좋아해야 할 것 같다고 느끼던 순간.

그때, 그와 동시에, 문학이라는 우주의 문을 열어젖히고 싶다는 또 다른 격렬한 욕구가 있었다. 당연히, 성공적인 작가-엄마가 되는 비결은 아이를 한 명만 갖는 것이라는 『애틀랜틱』 기사는 둘째 아이를 임신한 상태로 글쓰기 왕국의 작은 지대를 갖고 싶던 내가 읽고 싶은 글이 전혀 아니었다. 게다가 나는 딸을 임신 중이었다. 두 사람 몫을 먹어 치우고 있을 뿐 아니라 두 사람 몫의 여성으로 살아간다는 것도 고민하고 있었다. 여성으로서 겪는 경험의 어떤 면에는 능숙해지면서 동시에 지겨워지고 있었다. 끔찍하게 갇혀 있는 듯한 기분마저 들었다. 딸이 살아갈 수 있는, 혹은 멋대로 파괴할 수 있는 완전히 새로운 장르를 절실하게 쓰고 싶었다.

내 아들만큼이나 경이롭고 또 진을 쏙 빼놓는 아들을 둔 친구 제스는 임신과 육아, 그리고 초고와 퇴고 과정을 끈질긴 '데버슬레이션'(devaslation)이라고 불렀다. 파괴(devastation)와 도취(elation)의 끝없는 겨루기라서다. 아직 태어나지 않은 딸에게도 유전 질환처럼 데버슬레이션을 물려주게 되려나? 소설 『트리스트럼 섄디』에서 그랬듯 아이의 운명이란 게 섹스하던 중 엄마가 아빠에게 시계태엽 감았느냐고 묻는 순간만으로 엇나가기도 하는 걸까?

딸을 임신한 이후에는 늘 허기졌고, 정신은 나를 갈기갈기 찢어놓았다. 창조를 거듭하며, 스스로 특별한 사람이 되어야 한다는 압박에 이제는 특별한 누군가를 만들어야 한다는 압박감까지 더해져 아슬아슬한 상태였다. 아이든 책이든, 뭐라도 만들어보려고 몸부림치는 중이었다. 나 자신에게 지나치게 가혹하게 굴었다. 더군다나 이제는 아이가 둘이 될 테니, 거장이 아니라 쪼글쪼글해진 늙다리 배(pear)[6]가, 문학상을 거머쥔 작가가 아니라 "박사 논문을 쓴다"면서 멍하게 있는 나태한 인간이 될 수 있어야 했다. 헬스장 회원권을 허공에 날려 먹고, 강아지가 그려진 후드 티 차림으로 소파에 널브러진 채 윙크하며 남편을 꼬시는 그런 인간이. 매일 아침이면 하루라는 말(horse)에다 내 결점들을 실어 질질 끌고 나선 다음, 이런저런 프로젝트를 쌔빠지게 해내는 와중에 글쓰기 시간을 꾸역꾸역 확보해내야 했다. 퀘스트 서사[7]를 탐구하며 알게 된 건데, 영웅이란 자신의 임무라고 여겼던 일에선 실패하지만 진정한 사명은 해내는 반(anti)-영웅인 경우가 많다. 그런데 내 진정한 임무는 뭐지? ¶

Literature Review

문헌 검토

찰리 채플린은 최초로 영향 받은 인물로 자기 어머니를 꼽았다. 어머니를 바라보며 인간을 연구하는 법이며 손과 얼굴로 감정을 전하는 법을 배웠다고. 내 퀘스트의 본보기를 찾아보려 여러 에세이를 하나씩 읽어가다 보니 놀라운 주제가 나타났다. 여성 작가들은 글에서 어머니를 발견하고, 작가 자신 역시 어머니임을 거듭 발견하고 있었다.

내가 글을 쓰고, 가르치고, 아이가 흘린 음식 찌꺼기를 치울 때 그 여성들의 사유가 내 안에 살아 숨 쉬며 나를 꽃가루받이 삼고, 어쩌면 아이까지 만들고 있다고 느낀다. 그들의 영향력은 그만큼 어마어마하다. 그들의 탁월함이, 내 안에서 자신들의 언어로 사유의 영화를 상영하며 온종일 나를 구석구석 활짝 열어젖힌다.

앨리슨 벡델의 그래픽 노블 『당신 엄마 맞아?』(나는 이 책이 시적인 에세이라고 생각하는데, 개인적인 것과 시적인 것, 이론적인 것을 엮어내기 때문이다)는 어머니에 관해 쓰려 애쓰는 일의 딜레마를 완벽하게 보여준다. 어머니라는 주제를 두고 벡델의 화자는 상담사에게 이렇게 말한다. "문제는, 엄마를 머릿속에서 떨쳐버리지 않고는 이 책을 쓸 수가 없다는 거예요. 그런데 엄마를 머릿속에서 떨쳐내는 유일한 방법이 바로 이 책을 쓰는 거죠!" 이런 일에 대해선 나도 조금은 알았다. 나도 엄마 생각이 만화 말풍선으로 둥둥 떠다니지 않으면 아무것도 쓸 수 없었으니까. 지금도 마찬가지다.¶

괴물이나 유령의 집 이야기에는 어머니가 끝도 없이 등장한다. 셜리 잭슨의 소설 『힐 하우스의 유령』 속 한 인물은 으스스한 집을 '어머니 집'이라고 부르는데, 이건 이 책이 보여주는 거대한 모성 빙산의 일각이다. 『고딕 미러』(The Gothic Mirror)에서 클레어 케핸(Claire Kahane)은 유령의 집 소설의 두 가지 레시피를 제시하는데, 둘 다 어머니가 짙게 배어 있다. 죽은 어머니를 둔 한 여자가 미스터리를 풀어야 하거나, '여성 고딕' 버전으로 보자면 여성 존재의 복잡성을 상징하는 죽은 어머니의 유령에 쫓기거나.

이것들을 살펴보자니 한때 내가 그녀 안에 살았듯—이 생각을 도저히 떨쳐버릴 수가 없다—이제는 내 안에 생생히 살아 숨 쉬는 강력한 존재, 나의 맹렬한 엄마가 떠오른다. 엄마의 몸은 내 최초의 집이자, 최초의 유령의 집이다. 엄마가 나를 껴안던 순간의 감각을 생각한다. 깡마른 체구인데도 엄청난 힘이 깃든 포옹. 조그맣고 완강한 새 한 마리가 나를 붙잡은 것처럼. 그 새는 나를 사랑하지만, 조금 아프다. 어쩌다 이 새는 이렇게까지 강인해진 걸까, 나를 놓아주기는 할까, 내가 그걸 원하기는 할까, 궁금해지던 순간.

그렇게 엄마는 내 안에 산다. 내 마음-도시에 위치한 엄마-유령의 집은 예쁘게 꾸민 빅토리아풍 아파트다. 집이라고 말하고 싶지만, 엄마는 아파트를 선호한다. 지금 이 순간 엄마는 거기 있다. 소리 없이 걸어 다니고 커피를 내린다. 언제나 그렇다. 나는 꼼짝할 수 없지만, 엄마를 내쫓지 않기로 마음먹곤 한다. 예전보다는 좀 더 꼿꼿하게, 조금은 더 강해진 채 마주할 수 있어서다. 함께라면 무슨 일이든 헤쳐나갈 수 있다는 걸 알아서다. 나는 기꺼이 엄마 유령에게 사로잡힌다. ¶

메리 셸리의 『프랑켄슈타인』 역시 모성에 사로잡힌 작품이다. 서문에서 셸리는 이 책을 자신의 "흉측한 자식"이라고 부르고, 빅터 프랑켄슈타인은 피조물 창조 과정을 출산에 빗댄다. 1816년 여름 바이런 경이 유령 이야기를 써보라고 부추긴 덕에 셸리와 존 폴리도리[1]가 세기의 가장 유명한 괴물을 탄생시키게 되었다는 사실에 나는 나이가 들수록 경탄했다. 셸리는 출생 10일 만에 자신의 엄마를, 여성인권 운동가였던 메리 울스턴크래프트를 잃었다.

셸리는 바이런의 유령 이야기 과제가 있기 1년 전 갓난아기였던 딸을 잃었고, 과제를 수행하던 당시에는 5개월 된 아들을 키우는 중이었다. 셸리는 어머니를 잃은 아이이자 아이를 잃은 어머니였기에, 『프랑켄슈타인』에서 우리는 두 시선 모두를 보게 된다. 버림받은 피조물, 그리고 창조해놓고는 결국 파괴하려드는 창조자.

어릴 적 엄마가 건넸던 소름 끼치면서도 엄청나게 마음이 놓였던 말이 있다. 우리가 떨어져 있더라도, 설령 엄마가 죽은 이후에도, 달을 올려다보면 엄마가 거기서 나를 바라보고 있겠다는 말. 밤에 차를 탈 때, 포기를 모르는 울퉁불퉁한 달이 여느 괴물처럼 나를 쫓아올 때마다 이 말을 떠올리곤 했다. 프랑켄슈타인의 피조물 역시 자신의 남성-엄마로부터 세상 끝까지 쫓긴다는 사실도.¶

75

매일 아이들을 가르치고 돌보는 내 안에는 엄마가 늘 있다. 우리가 만나서 시간을 보낼 때면 어른으로서의 모든 노하우를 동원해 엄마 안으로 다시 기어들어 가지 않도록 기를 써야 한다. 그런데 나는 무엇을 찾아 헤매는 걸까? 시간과 공간을 거슬러 돌아가고 싶어 하는 대상은 정확히 뭐란 말인가? 사람들로 둘러싸여 있는데도 종종 외로움을 느끼는 이유는 뭘까? 내 안에 아무도—당연히 내 아이들은 빼고—기어들어 올 수 없다는 사실이 은근히 슬픈 걸까? 그런데 놀랍게도, 내가 인생에서 외로움을 느끼지 않았던 유일한 시간은 임신 중일 때였다. 말 그대로 내 안에 누군가 들어 있었으니까. 나를 괴롭히면서.

아들이 괴물 때문에 무서워하는 밤이면, 혹은 엄마랑 떨어져 있어야 하는데 머뭇거릴 때면, 나는 언제나 네 마음속에 산다고 말해준다. 아이는 내 말을 그대로 믿는다. 자신의 내장 안에 내가 정말로 사는 것처럼. 유치원에 도착하면 아이는 문 앞에서 놀라우리만큼 강한 힘으로 자기 가슴팍을 꼬집으며 내게 말한다. "엄마는 여기 살아요. 항상." 안으로 총총 뛰어들어 가기 위해 스스로 용기를 내려는 행동 같다. 그 사실을 어째서 끔찍하게 무서워하지는 않는 걸까?

부적처럼 아이에게 나를 묶어놓고 싶다. 절대로 외로움을 느끼지 않게, 어떤 날엔 전쟁터나 다름없는 인생을 무방비 상태로 마주하지 않도록. 당연히 실제의 차원에서는 불가능한 일이다. 아이가 언제나 품 안에 꼭 안고 다니는 곰 인형이 되고 싶다. 얼마 전 내가 입을 옷을 골라주면서 곰 인형도 같이 입으라고 건네주었기에 더욱 가슴이 사무친다. 어쩌면 아이는 내 몸을 얻어 타려고 한 건지도 모르겠다. 늘 심장 안에 머물면서 언제든 나를 쫓아올 수 있도록. 나는 그게 못 견디게 좋았다. 곰 인형을 못 입은 유일한 이유는 단지 방법을 몰랐기 때문이다.¶

그러다 문득 깨닫는다. 괴물성은 대체로 정도의 문제라는 것을. 이 것이 나를 괴물들과 언제나 동일시하는 이유 중 하나다. 누군가를 사랑하게 되면, 그 사람의 심장 속을 파고들어 그 핏빛 달 안에서 살고 싶어진다. 도무지 감당할 수 없는 일이다. 나는 언제나 감당할 수 없어왔다. 과잉은 내 명함 같다. 나 같은 사람들은 관습적인 의미에 선 어떤 식으로든 취업이 불가능하게 마련이니 이 자체가 직업이라고도 할 수 있다. 누구도 피투성이 달의 풍경에 대한 찬가를 쓰는 대가로 돈을 주지 않는다. 적어도 생계유지를 할 수 있을 만큼은.

밤이면 아이는 특별히 오래오래 안아달라고 한다. 우리는 영원처럼 느껴지는 시간 동안 서로 꼭 끌어안고 있다. 그럴 때 아들은 이렇게 말하기도 한다. "엄마는 내 심장 속에 있어요." 나는 답한다. "맞아, 맞아." 아들에게 생명을 불어넣는 그 장기 속으로 여정을 떠나 거기 다 집을 짓는 상상을 하면서.

그러던 어느 밤, 아들이 내 심장 소리를 듣고 싶다고 한다. 이런 건 대체 어디서 배웠나 알 길이 없다. 우리 사이에 내려앉은 마법 같은 분위기를 깨뜨리고 싶지 않아 나는 묻지 않는다. 아들이 내 가슴에 머리를 기댈 수 있도록 살살 안아 눕힌다. 아들은 잠시 누워 있다가 자기 심장 소리도 듣고 싶냐고 내게 묻는다. 그래, 라는 대답 외에는 아무것도 떠오르지 않는다. 그래, 정말로 듣고 싶어, 너무나도.

77

나는 머리를 아이의 작은 가슴 위에 가져다 댄다. 따뜻하고, 과일 주스 냄새가 난다. 아이의 몸은 내가 생각한 것보다도 훨씬 더 작게 느껴진다. 내 엄마의 몸이 늘 그러했듯이. 이 소리. 이 감각. 대체 어떻게 표현해야 할까? '쿵쿵쿵' 같은 소리를 예상했는데 겹겹의 소리들이 쌓여 있다. 아이처럼, 나처럼, 이 책처럼. 작게 꼴꼴대는 메트로놈 소리에 더 가깝다. 아이는 나의 조그맣고 꼴꼴거리는 메트로놈이다. 지구 위에서 보낸 내 시간을 규정해주는 창조물. 아이의 심장 위에 머리를 가만 대고 있을 때, 나는 만물의 이야기를 듣는다.

이 순간, 내가 모성 유령 출몰의 전통을 이어가고 있다는 사실을 깨닫는다. 심장 속에 산다느니 하는 모든 표현은 실상 나의 엄마가 내게 그러했듯 내가 내 아이를 쫓아다닌다는 의미일까? 출몰의 좋은 형태라는 게 있을 수 있을까? 혹시 그걸 사랑이라고 부를 수 있을까? ¶

처음 임신했을 때, 나는 '어머니'라고 불리는 신비로운 존재에 대해 알아야 할 모든 것을 배우고 싶었다. 내가 무엇이 되어가고 있는 건지 알아야 했는데, 그 과정에서 나의 엄마가 수십 년 전 무엇이 되어갔는지도 이해해가기 시작했다.

부모가 됨으로써 나는 크나큰 기쁨과 쓰라린 상처 모두를 밑바닥까지 느꼈다. 어머니가 된 첫날, 나는 적응해야 한다는, 억겁의 세월을 단번에 진화해야 한다는 사실을 깨달았다. 어머니가 있었고, 내가 있었고, 어머니는 무한히 나보다 큰 존재였기에 온몸을 뻗어 그에 맞춰야 했다. 초월적인 경험이었다. 나는 변했다. 그리고 지옥처럼 아팠다.

얼버무리지 않겠다. 엄마가 됨으로써 내 머리는 정말이지 터져버렸는데, 어쩐지 폭발 이후에는 좀 더 관대한 머리가 되었다. 매 순간 극심하게 지쳐 있었지만 동시에 더 너른 공간이 되어 아무리 많은 복잡하고도 모순적인 것이라도 넣어둘 수 있었다. 한때는 그것들이 문 앞에서 서성이며 기다렸는데.¶

보다시피, 내가 언제나 하려는 작업은 뇌의 청사진을 종이 위에다 그려내는 것이다. 겉과 속이 어떻게 맞물리는지 보여주고 싶다. 형식과 내용을 일치시키고 싶다. 공식만 알아내면 무척 쉬운 일일 테니, 그 공식을 알아내려는 중이다. 어쩌면 학부 시절 들었던 철학 수업을 그렇게나 좋아했던 이유인지도 모른다. 뒷자리에서 등을 기댄 채 과제는 안 하면서 여름 방학이 지나면 마침내 엄청나게 똑똑해지거나 엄청나게 매력적으로 변화하리라 바라던 나날.

내게는 스스로를 이해하기 위해 글을 쓰는 마음이 있었고, 그 마음이라면 언젠가 다른 이들도 이해해주리라는 가냘픈 희망을 품고 있었다. 생각이 벌떼처럼 몰려들면 언제나처럼 잠들지 못한 채 밤을 지새우며 둘째 아이를 기다리는 시간을 새로운 언어로 이야기하기 위해 글을 썼다. 그러면 말로 다 할 수 없는 정신의 가마솥 뚜껑이 열려, 최근에 설치한 일산화탄소 경보기의 안전지대에서 벗어나 부글대고 말 거라는 걸 알면서도 말이다. 우리가 불에 타 죽는 걸 누가 신경이나 쓸까. 하지만 아이는, 그건 전혀 다른 얘기였다.

'포스트모던'이라는 용어는 건축학에서 모더니즘 이후의 건축 양식을 구별하기 위해 만들어진 용어다. 언어와 건물에 쓰이는 형식, 구조, 온갖 고려 사항 들은 굉장히 유사하다. 지어진 구조물로 시각화하여 언어를 바라보면 언제든 해체될 수 있음을, 다시금 여러 조각으로 흩어질 수 있음을 상기하게 된다. 더욱 놀라운 건, 독자에 의해 (프랑켄슈타인처럼) 새로운 의미가 부여되며 다시 조립될 수도 있다는 것이다. 최고의 독자는 독서 과정에서 작가가 된다. 그러니 여러분도 아이와 함께 이 페이지를 잘라내 미술 작품을 만들어보시기를. 그런 다음 내게 보내주면 함박웃음을 짓겠다.¶

이쯤 되면 알겠지만, 나는 경계 공간을 탐닉한다. 박사 논문 연구 주제이기도 하고, 연구하지 않던 때에도 만들어내려 애쓰던 혼종성 말이다. 어쩌면 영화관에 그렇게나 자주 가는 이유도 이 때문인지 모른다. 시가 굴절된 영화 그리고 영화가 굴절된 시가 그러하듯, 영화관 역시 어둑한 허구의 세계와 실제 관객들의 삶 사이에 놓인 경계 공간이니 말이다.

시인 테레사 학경 차는 이 중간 지대를 아주 절묘하게도 "강령 사이 공간"(between séances)이라고 부른다. 어쩐지, 어젯밤 누아르 영화를 잔뜩 봤는데도 아직 더 볼 힘이 남아 있다. 영화관은 내가 손에 꼽게 좋아하는 공간이다. 스크린, 터무니없이 비싼 탄산음료, 미니 초콜릿만 있으면 마음은 내게서 멀리 달음질친다. 반응하는 관객의 얼굴도 사랑한다. 어둠 속에 잠겨 있으면 내게 절실히 필요한 자의식 유예가 일어난다. 그곳에서 내가 가장 금기시된 표현을 해낸다는 걸 스스로 안다.

어떤 때는 영화관에서 글을 쓰기도 한다. 글씨는커녕 종이조차 제대로 안 보이는 상황에서 글을 쓰는 법을 터득하게 된 계기다. 사실 이 움직임은 영화를 보는 경험과 꼭 들어맞는다. 어둠 속에서 반짝 나타났다 사라지는 이미지 바로 위에다 곧장 글자를 써 내려가는 감각. 바로 이 순간만큼은 이것이야말로 이치에 맞는 것처럼 여겨진다.¶

알고 보니 나만 그런 건 아니었다. 내가 가장 사랑하는 시인들은 내가 '영화관 시'라고 부르는 것을 썼다. 창작 과정을 성찰하는 자기 지시적인 방식을 통해, 화자/시인이 영화를 보면서 생각한 바를 다시금 퇴고함으로써(그렇게 방금 본 그 영화도 수정하게 된다) 우리가 읽는 작품으로서의 시가 된다. 마침내 시가 영화의 주제와 형식을 통합하며 다양한 영역들이 한데 어우러진다. 영화 자체, 그리고 시인이 영화와 나누는 언어적 상호작용 사이에서 둘 사이의 경계가 허물어지고, 교차 지점이 생겨나며, 바로 그렇게 영화와 시의 하이브리드가 탄생한다.

영화관에서 글을 쓰다가 슬퍼질 때가 있는데, 아무리 애써도 내 글은 절대 영화가 될 수 없기 때문이다. 그렇다고 시나리오를 쓰고 싶다는 건 아니다. 아, 물론 쓸 수는 있겠지. 내 말은, 매주 스크린 위에서 나를 매혹시키는 이미지와 욕망의 결합체처럼 내 글을 번역해낼 수 있는 세상을 꿈꾼다는 것이다. 불가능하리라는 걸 알지만, 지금도 나만의 정신적 영화관 끄트머리의 희미하게 보이는 자리에 그 마음이 놓여 있다. 애초에 글을 계속 쓰고 영화관에 가는 가장 큰 이유 중 하나인 마음이다.

타인과 함께 영화관에 가는 건 공동의 경험이지만, 혼자 갈 때만 느 낄 수 있는 스릴도 있다. 이렇게까지 익명이면서 동시에 명확한 위치 를 점유하고 있다는 감각은 무척 드물다. 외로움과는 거리가 먼 감 정. 옆에는 아는 사람이 아무도 없다. 타인의 삶을 떠올릴 필요가 없 다는 뜻이다. 두 시간 동안 내 존재는 전적으로 어둠 속에서 움직이 는 저 빛줄기 속에 있다. 어떤 어둠이 내리면 어린 시절 느끼곤 했던, 내가 사라져버릴 것만 같다는 감각이 반갑게 찾아온다. 하지만 고 독의 다채로운 유혹에도 불구하고 나는 딸이 얼른 커서 영화관에 함께 갈 날을 손꼽아 기다린다. 당연하게도 더는 혼자가 아닌 채, 두 아이 사이에 끼어 앉아 팝콘을 우적거릴 날을.

Results and Discussion

결과 및 논의

84

아들이 태어나자마자 귀신 들린 게 아닌가 두려웠다. 꼬박 1년을 냅다 울어 젖혔는데, 의사들은 잘못된 데가 없다고 했다. 안아 들면 아기는 격분해 소리를 질러댔다. 그때 엄마가 되려면 마음가짐을 다시 설계해야 한다고 처음 느꼈다. 진정한 사랑은 어린 시절 배웠듯 눈이 맞아 함께 도망가는 게 아니었다. 내 아이를 나 말고 아이가 바라는 방식대로 돌보는 게 진정한 사랑이었다. 그래서 나는 곰 인형에게 아들과 똑같은 이름을 붙여준 다음, 아들을 안고 싶을 때마다 인형을 안았다.

대신 아이가 원했던 건 아주 힘차게, 공공장소에서 그랬다간 경찰에 잡혀갈까 봐 무서워서 못 할 정도로 세차게 흔들어주는 거였다. 그렇게 1년 동안 곰 인형을 껴안고 마티니처럼 아기를 흔들며, 어머니가 된다는 건 정말이지 '놀라운' 일이구나, 성실히 끄덕이며 지냈다.

포덤대학 링컨 센터 도서관에서 자료 조사를 하던 중 유난히 암울하던 순간이 기억난다. 책이 하도 많아서 둘 곳이 부족한 이상한 공간이라 버튼을 누르면 서가 하나가 옆으로 밀려나는데, 기계 장치가 사람을 집어삼킬 것처럼 무시무시하게 접힌다. 그 순간 책들이 나를 깔아뭉개는 느낌이 엄습해 바닥에 그대로 주저앉아 줄줄 울었다. 이마를 찔러대고 얼마 전까지 아기를 품었던 자궁을 예의도 없이 짓누르는 책들 사이에서.¶

남편과 나는 맥스가 갓난아기일 때 비행기에 태우는 실수를 저질렀
다. 착륙할 때쯤 아기가 늑대처럼 울부짖는 바람에 우리는 사람들
을 헤치고 비좁은 통로를 왔다 갔다 했다. 어느 순간, 미니 양주를
지나치게 많이 마셔대던 남자가 나더러 "애 좀 어떻게 해봐라"고 했
다. 〈소프라노스〉[1] 식으로 한 말 같다. 그러니까, 인사불성이 된 그의
입장에서 보자면, 나는 숨통이 완전히 끊어질 때까지 접이식 테이블
에다 아들의 머리통을 연신 내리쳐야 했다.

야무지게 말대꾸하고 싶었지만 남은 비행시간 동안 아들을 안고서
줄줄 울기만 했다. 인생을 편집할 수 있다면 제발 들어내고 싶은 장면
중 하나다. 그때는 그것이 엄마로 변모하는 과정의 중요한 일부라는
걸 알지 못했다. 형편없이 망친 글에 대해 자조적인 농담을 하곤 하는
데, 방금 깨달았다. 내 첫 책은 실패한 아이디어와 잘못된 도입부라
고 여기던 것으로부터 만들어졌고, 모성 역시 마찬가지였다고.

그 주 주말, 포덤대학에서 나이절 스미스(Nigel Smith)가 존 던의 시에 록 음악을 만들어 연주하고, 시인 티모시 도널리(Timothy Donnelly)가 마운틴 듀 찬가를 랩으로 만들어 공연한 바로 그날, 지하철에서 맥스와 너무도 닮은 아기를 보았다. 아기는 지하철에 타자마자 불평인지 노래인지 모를 "아이예이예이"를 거듭했는데, 막상 눈이 마주치면 미친 듯이 귀엽게 생긋 웃어주었다. 불쌍한 엄마가 바나나로 달래려는데도 아기는 끊임없이 유아차에서 빠져나오려 낑낑대고 있었다. 당시 나는 현재에만 집중하려고 애쓰고 있었다. 이 책을 제발 좀 마무리하면, 혹은 바닷가 근처로 이사 가면 모든 게 다 괜찮아지리라는 망상에서 벗어나고 싶었다. 그래서 그 엄마가 옆자리에 앉았을 때 이렇게 말했다. "우리 아들도 저래요." 그녀는 너무 지쳐 생각할 힘도 없어 보였다. 나는 이렇게 덧붙였다. "똑똑하고 특별해서 그래요. 고되긴 하지만요. 잘 자랄 거예요." 그녀가 지친 와중에도 희망을 담아 물었다. "그렇게 생각하세요?" 나는 답했다. "확신해요." 그녀에게 한 말일까, 아니면 나 자신에게 한 말일까?¶

우습게도 내 아들은 이제 안아주고, 대화하고, 교감하는 것 외엔 더 원하는 게 없다. 어떤 관문을 통과했기에 이렇게 변한 걸까? 아이가 변하는 동안 내가 다녀온 관문은 또 뭐였을까? 부모가 되고, 작가가 되고, 한 사람이 되고, 그리고 아이를 알아가는 일이 길고 지난한 과정이라는 걸 그 누구도 알려주지 않는다. 아이가 태어났을 때는 약간은 본능적으로, 또 추상적으로 아이를 사랑하지만, 더 깊은 유대를 쌓으려면 시간이 걸리고, 저런 재수 없는 비행 경험 따위를 잔뜩 거쳐야 한다. 이제야 좀 알 것 같다는 느낌이 들면 아이는 다시 변하고, 모든 과정은 처음부터 다시 시작된다.

아이가 내 몸에서 태어나는 그 순간부터 평생 사랑할 수 있는 최대치를 아이에게 건네게 된다는 관념은 비행기에서 사람을 무너지게 만드는 모성 신화의 일부다. 엄마 되기는 출산 순간에 레버를 딸각 당기면 완벽하게 아름다운 모습으로 짠 일어나는 일이 아니다. 그보다는 물속에서 부푸는 해면동물 같은 것이다. 다만 자라기까지 한 세월이 걸리고, 가끔은 사랑 때문인지 번개 때문인지 모를 감전의 충격(대체로 전날 잠을 얼마나 잤는지에 따라 다름)을 선사한다.

부모 되기에 대한 완벽한 표현을 아직 찾지는 못했지만, 맥스가 손이 아주 많이 가던 시절, 나는 책상 앞에 앉아 컴퓨터 화면에다 아들 생각을 한가득 채워나갔다. 그렇게 쓰다 보면 뭐라도 나타나지 않을까, 이 머릿속 공간에 다리를 놓아주지 않을까 하면서. 정말로 그렇게 되었다. 어휴, 아들을 키우는 엄마가 된다는 것의 그 어설픈 짜릿함이란. 가령 오줌 누는 법을 가르쳐줄 때, 어휴, 그놈의 털기. 털어대기. 손이 없는 사람이 힘찬 악수의 중요성을 가르쳐주는 꼴이다. 그나저나 혁신이 목표라면 생각보다 나쁘지 않은 아이디어인지도.¶

88

이후에도 맥스는 여러모로 키우기 힘든 아이였지만, 그 와중에도 끝내주게 놀라운 존재였다. 다만 아이의 불완전한 행동을 뭐가 됐든 곧장 뿌리 뽑지 않으면 결국 방화범이며 범죄 조직 보스며 독재자며 탈세자가 될 테고 전부 부모 책임이라고 훈계하던 책 한 권은 영 맘에 들지 않았다. 물론 아이가 장난감으로 내 얼굴을 후려쳤을 때는 작전 타임을 가지긴 했다만, 나는 이 조그만 방화범을 사랑했다. 맥스는 나의 작은 방화범이었다. 간절히 고대하던 '성장 과정'의 결과란 바로 이것이다. 서른 살 넘은 우리 대부분은 그저 나이가 들었을 뿐 여전히 청소년 소설 속 인물 같은데, 갑자기 자녀에게 '성숙함'을 가르쳐야 하는 임무를 맡게 된다.

훈육이 아이에게 그리고 내게 어떻게 와닿는지는 맥스가 너무나도 좋아하는 시어머니 주디가 보낸 이메일이 가장 잘 요약해주는 듯하다. "맥스는 오늘 너무 귀여웠어. 계속 메이브의 방에 들어가서 놀려고 하더니, 막판에는 메이브의 스탠드 조명을 잡아당기려 하지 뭐니. 우린 동시에 이렇게 말했어. '안 돼.' 맥스는 살짝 당황한 표정으로 올려다보더니 다시 한번 손을 뻗었고, 우린 또 한 번 '안 돼'라고 했지. 그랬더니 손을 코에다 대더니 당당하게 말하더구나. '안 돼!'[2] 그놈의 어른들이 참 웃기지? 빛 가지고 놀 때마다 늘 코 얘기를 하잖니."

이제 맥스는 걸음마를 뗐다. 최근에 발견한 방정식이 있다. 맥스가 개구쟁이 데니스가 되면 될수록 나는 윌슨 아저씨가 되어간다는 것.[3] 다른 아기들처럼 맥스도 자신이 원하든 원하지 않든 이것저것 요구하곤 하는데, 우리 사랑의 한계와 스스로의 힘을 시험해보기 위해서다. 우리는 아이에게 사랑을 표현하기 위해 해줄 수 있는 것을 고민하지만, 동시에 인생에는 한계가 있음을 보여주기 위해 무엇을 주어선 안 되는지도 가늠한다. 맥스는 물건을 던지고 내가 주워오는 걸 재밌어하는데, 그럴 때 나는 반드시 둥글게 틀어 올린 머리카락을 통통 튀기듯 흔들며 가져와야 한다. 아이는 유머의 표현 방식에 몹시 까다로우며, 그래서 존경스럽다. 코미디는 굉장히 중요하다. 딜런 토머스는 헐리우드에서 하고 싶은 건 "아름다운 금발 신인 여배우의 젖꼭지를 만지고 찰리 채플린을 만나는 것"뿐이라고 선언했고, 이후 술에 취한 채 채플린의 집 테니스 코트에 난입해 화분에다 오줌을 갈겼다. 바로 이런 게 코미디다.¶

사실, 치료법이 질병보다 더 나쁘다. 징징댄다고 지적하면 아이는 더 징징대게 마련이니, 나로서는 어쩔 수 없이 아이 편을 들게 된다. 학생들에게도 자주 그런다. 나는 반항아의 편이지, 신용카드를 양껏 긁는 여피족이나 맘 카페나 육아 훈련 따위의 편이 아니다. 얼마나 위선적인가. 그들이 나를 무너뜨리길 빈다. 나는 어쩌다 문법만 강조하는 주제에 "네 말로 표현해봐"라고 훈육하는 멍청이가 되어버린 걸까. 나는 쫓겨나야 마땅하다. 당장 도망쳐, 내가 당신들을 짓누르지 못하게. 내가 배웠고 또 물려주고 있는 바로 그 체계를 만들면서 동시에 무너뜨리고 싶어 하는 마음은 뭘까? 이게 바로 여자로 산다는 걸까?

어쩌면 아들에게 『괴물들이 사는 나라』의 주인공을 따라 맥스라는 이름을 붙여준 게 모든 것의 화근일지도 모르겠다. 하지만 나는 아이가 온순한 존재 말고 괴물이 되기를 간절히 바랐다. 사랑의 복잡함에 관해 모리스 샌닥은 이렇게 말했다. "하지만 괴물들은 울부짖었어요. '제발 가지 마, 우리가 널 잡아먹을 거니까. 널 너무 사랑해서야!' 그러자 맥스가 말했어요. '안 돼!'" 맥스도 나도 살아남기 위해 두려움으로부터 달아나는 대신 두려움을 향해 달려들어야 했다.

갑작스러운 유대감과 분리 불안이 극에 달했을 때, 맥스는 내가 그러했듯 달아나는 법을 배워야 했다. 나 역시 가장 깊은 연결감을 느낀 순간, 아이가 상처받을까 봐 두려워서 도망가게 내버려둬야 했다. 우리는 끌어안기와 떠나보내기라는 희비극적인 순환을 함께 만들었다. 지금껏 맥스와 함께 자라나며 겪어온 과정을 가까이에서 보면 이렇다. 1934년 거트루드 스타인과 채플린은 어느 디너파티에서 만났을 때 영화의 순환 논리에 관해 서로 생각이 같음을 알게 되었다. 스타인은 채플린이 길모퉁이를 돌고 또 돌기만 하는 영화에 출연하는 걸 보고 싶어 했다. 후일 채플린은 그때를 회고하며 스타인의 신비로운 구절을 떠올렸다. "장미는 장미는 장미다."(A rose is a rose is a rose) ¶

제일 중요한 건, 엄마가 되면 아이의 눈을 되찾게 된다는 점이다. 어쩌면 공룡은 멸종하지 않았을지도 모른다. 그저 어린 시절의 다른 존재들과 마찬가지로 더는 볼 수 없게 되었을 뿐. 보이지 않게 된다는 것만큼 외로운 일도 없다. 보이고, 이해받고, 뭐라도 되고 싶은 욕구로부터 우리는 벗어날 수 없다. 어느 나이에 이르면 한 쌍의 형편없는 눈을 갖게 되고 어떤 존재들은 끝장나고 만다. 얼마나 통탄할 일인가.

데렌은 시를 활용해 자신의 시각을 더 깊이 파고든 영화감독이었지만, 시인들 역시 텍스트의 경계를 넘어서기 위해, 더 너른 시야를 갖기 위해 영화적 장치를 활용했다. 다시 보는 법을 배울 수 있다면 우리는 어떤 어른이 될까? 사방에 다른 차원이 존재한다. 그나저나 페브리즈가 자사 방향제 향 하나를 '리넨 스카이'라 이름 붙인 건 희망적이다. 페브리즈를 만드는 사람들이 아직 하늘의 냄새가 어떤지 알고 있다는 뜻이니까.

다행히 맥스는 우리가 삶이라고 부르는 숨 막히게 놀라운 것들이 아무것도 아니라는 생각은 아직 하지 않고, 나 역시 마찬가지다. 우리의 공통점은 한껏 경이로워하는 아이들이라는 것이다. 나는 한 번도 '세상이 생겨 먹은 모양'을 편안하게 받아들여본 적이 없는데, 이제는 양육의 측면에서 그 모양을 아들에게 가르쳐주는 게 내 임무가 되었다. 그럼 우리는 어디에 놓이게 될까? 자신이 온전히 믿지도 않는 왕국의 열쇠를 아들에게 건네주는 엄마라니? 어째서 어른이 된다는 건 세상을 진정 반짝거리게 하는 모든 것을 포기한다는 의미여야 할까? 그러니 그런 생각은 접어두자. 삶을 헤쳐나가기 위해 반드시 필요한 것을 가르치는 일 외에도, 나의 임무는 마법이 어린 시절의 전유물이 아니라 어른들도 누려야 하는 것이라고 일러주는 일임을 깨달았다. 그 믿음이야말로 아이를 살게 할지도 모른다. 내게는 확실히 그러했으니까. 트라우마를 겪던 언젠가, 나는 요정들에게 꼭 안겨 있는 상상을 하곤 했고, 그렇게 살아남았다.¶

Conclusion

결론

맥스가 몸 안에서 자라기 시작한 이후로 나는 여러모로 변화했고, 이번에는 그 변화가 두 배쯤 커졌다. 언제 어른이 되었나 하면 답은 이때 같다. 더는 혼자가 아니구나, 깨달으며 화들짝 놀라 깨어나던 순간. 이 무화과만 한 조그만 인간을 외부 세계라 불리는 기이함과 연결하는 유일한 존재는 나였다. 나조차 내 안의 몰캉한 공간보다 훨씬 더 모르는 게 많은 곳이 외부 세계인데. 물론 내부 세계도 당혹스럽긴 마찬가지지만. 꾸르륵 소리가 날 때면 이해할 수 있었다. 남편이 아기 소리를 들으려고 귀 기울일 때만 들렸는데, 채소 말고 구운 치즈와 쿠키가 소화되는 소리만 나곤 했다. 임신 중일 때는 그런 온갖 꿀렁거림 속에서 단 한 순간도 혼자가 아니다. 산후 우울증을 겪기도 전에 그 뜻을 알아차릴 수 있을 정도다. 산후 우울증이란 다름 아닌 외로움이 다시 찾아온다는 것이다.

작가로서 나는 혼자 오래 앉아 글을 쓰곤 하지만, 가끔은 우스운 짓도 한다. 손톱을 깎으며 NPR 라디오를 듣다가 문득 구글에 '고르바초프[1] 같은 모반 갖는 법' 따위를 검색하고, 그믐달 같은 손톱 조각들을 쓸어 모으면서 하나 정도는 씹어볼까 고민하다 관두고, 누군가에게 문자 메시지를 보낸다. 아이폰 자동 완성 기능에는 저마다 다른 영혼이 깃들어 있다고 확신한다. 내 것은 위저 보드[2]의 영혼 같다. 내가 실수로 보내는 메시지들은 실로 충격적이다.

비행기를 탈 때면 여행이 외로움과 깊이 연관되어 있음을 기억한다. 아빠는 오디세우스의 귀환을 다룬 C. P. 카바피스의 시 「이타카」를 읽을 때마다 운다. 자신의 여정을, 무엇을 잃고 무엇을 평생 얻지 못했는지를 떠올리게 하기 때문이다. 노스탤지어는 모든 탐험의 동력이다. 결코 존재한 적 없던 순간을 되찾기 위해 평생을 다 바치기도 하며, 그 상실감은 우리를 잠시도 가만히 놔두지 않는다. 우리는 매 순간 우리를 안아 올리고 이해해줄 누군가 혹은 무언가를 향해 여정을 떠나고 있다. 나는 이 감정을 아들에게 전해주려 애쓴다.¶

느끼는 것을 정확히 지칭할 수 없을 때면 샤잠[3]을 켜거나 컨트롤 F[4]를 누르고 싶어지는데, 그러다 문득 내가 기계가 되어가고 있구나 깨닫는다. 외로울수록 그날 SNS에 올리는 게시물의 수가 늘어나는 것도 마찬가지다. 기다리고, 계속해서 들여다보고, 페이스북에서 누군가 내 글에 '좋아요'를 눌렀다거나 나를 '좋아요' 했다고 알려주는 작은 종소리. 우울한 채 깨어나면 갑자기 무수한 전자 입술이 내게 키스하는 것 같고, 디지털 손들이 나를 붙드는 것 같고, 혼자가 아닌 것만 같다. 0인지 뭔지로 가득한 영화나 인터넷 세상이 찬란하게 내게 침투한다.

왜 우리는 스크린 앞에서 보내는 시간에 죄책감을 느끼게 되는 걸까? 믿거나 말거나, 작가도 때로는 기술적이고 영화적인 세계를 갈망한다. 조앤 디디온은 회고록 『상실』에서 남편을 잃은 트라우마를 표현하려 애쓰다 이렇게 결론 짓는다. "말과 그 리듬 대신 디지털 편집 시스템 아비드(Avid)를 갖춘 편집실이 있으면 좋겠다. 키 하나만 누르면 시간의 흐름이 무너지고, 지금 내게 떠오르는 기억의 모든 프레임을 동시에 보여주면, 당신이 미세하게 다른 표정들과 같은 대사의 다채로운 해석을 살펴보고 테이크를 고를 수 있도록."

디디온이 포착하려 한 이 가슴 아픈 경험에 관해 떠올린 비유는 유구한 역사를 지닌 펜과 종이도, 심지어는 타자기나 컴퓨터도 아니고 아비드 영상 편집 기술이다. 하지만 이미지 편집에 관한 디디온의 환상은 텍스트를 배제하지 않는다. "말과 그 리듬 대신" 이미지를 갈망하지만, "같은 대사의 다채로운 해석"을 독자더러 선택하게끔 하고 싶다는 소망을 품을 때, 디디온의 환상은 영화적인 기술과 텍스트의 기술을 퇴고에 함께 활용하는 지극히 작가적인 프로젝트다. 나는 이것을 정확히 이해한다. 정말로 그렇다.¶

에이드리언 리치의 시집 『변화를 향한 의지』(The Will to Change)에 수록된 「고다르를 위한 이미지」(Images for Godard)에서 시인은 "영화관에 있다 / 영화감독의 꿈을 꾸며, 다만 다른 방식으로". 데이비드 몬테네그로(David Montenegro)와의 인터뷰에서 밝혔듯, 1960년대에 리치는 그 어느 때보다 영화관에 자주 드나들며 수많은 이미지를 보았다. 고다르의 영화가 무엇을 해방시켜주었냐고 몬테네그로가 묻자, 리치는 이렇게 답했다. "내 삶의 내용 전부. 그리고 내가 아는 한 나의 시대까지도." 영화와 문학 중 어느 것이 내 글쓰기에 더 영향을 미쳤는지 택하라고 강요한다면, 나는 당신을 언팔할 수밖에 없다.

그렇게 우리 여성 작가들은 기술과 예술의 하이브리드로 눈을 돌린다. 우리는 텍스트와 이미지에 스스로를 내어준다. 어쩌면 우리가 다른 인간을 몸 안에 품고 다녔거나, 아니면 적어도 그랬던 여성을 알고 있기에 더 열린 자세인지도 모른다. 미디어 과잉 시대에 이런 이야기를 한다는 것 자체가 진부하다는 건 알지만, 가상 세계, 딱히 어디에도 존재하지 않는 툰드라 같은 공간에서 살아가는 데 익숙한 작가에게도 그게 그렇게까지 슬픈 일일까. 애초부터 온전히 실재한다고 할 수 없는, 현실의 손으로 만질 수도 없는, 그러니까 섹스해서 임신하는 식으로는 접촉할 수 없는 존재들에게 줄기차게 러브레터를 써온 작가에게도 말이다.

하지만 우리가 만든 인물은 언제나 우리와 밀접해야 한다. 아이들이 새벽녘에 무방비 상태인 우리의 머리에다 아무거나 던져대도, 페이스북 피드에 '미투'가 넘쳐나도, 세상이 무심하게 다른 사람에게 일자리를 주고, 책을 내주고, 칭찬을 퍼붓는데도, 온 우주가 우리를 지나쳐 가더라도. 우리에겐 우리 손을 잡아줄 가상의 손이, 위안을 줄 작위적인 목소리들이 필요하다. 우리가 그렇게까지 외롭고 버림받았고 우울하지는 않다는 미신을, 허황된 꿈을 팔아줄 목소리. 물론 아들 곁에선 그렇게까지 우울해지기란 어렵다. 올리비아 랭이 도시의 고독에 관해 쓴 놀라운 책 『외로운 도시』에 이런 반론을 제시하는 게 맥스다. "안녕, 브루클린 브리지. 나 맥슨데 나 치즈 먹고 있어." ¶

우리는 어린 시절의 상상 속 친구들을 마치 과거의 유물인 양 이야기하지만, 사실은 어른이 되어서야 그들이 정말로 필요해진다. 엄마가 된 이후로는 더더욱 필요해졌다. 영화가 시인들에게 그러했듯, 부모 되기가 텍스트의 경계 너머로 나를 밀어붙였기 때문이다. 내게 글쓰기는 바로 그 상상 속 친구다. 지식인들이 눈살을 찌푸리곤 하는 무한한 디지털 커뮤니티로 통하는 출구 역할을 하는 내 컴퓨터도 그렇고.

음, 내면의 집을 팔아버리거나 교체해버릴 수 있는지, 아니면 새로운 인테리어 디자이너를 구할 수 있는지 알아낼 때까지 트윗이나 하나 더 써야겠다. 내면을 설계하는 건축가는 없을까? 견적이라도 받으려면 어떻게 해야 하지? 뭐라도 할 순 없을까? 내 내면의 엔터테인먼트 센터 앞에 깔려 있는 거라곤 엉망진창인 카펫인데도 가망이 있을까? 이 집을 팔아버리려면 어떤 부동산에 내놔야 할까? 무단이탈할까? 완전히 종적 감추기? 상자들은 다 어디에 둬야 한담? 모든 걸 다 싸매기에는 포장 테이프가 항상 부족한데.

어쨌든 내 집은 팔기 어려울 것이다. 노먼 메일러의 글에서 날 법한 여자들의 끔찍한 악취가 진동할 테니까. 우리가 감추려고 애쓰는 온갖 냄새들, 셀프 계산대를 이용해야 하지만 기술적 문제가 발생하면 꼭 직원을 불러야 하는 드러그스토어 통로 매대에 늘어선 질 세척 용품들마냥 우리에게서 몽땅 지워버리려는 여성성의 흔적들이 배어 있을 테니까. 메일러가 여자가 쓴 글을 읽으면 여자 팬티 냄새를 맡는 것 같다는 식으로 묘사한 건 아직도 화가 난다.

이제 생명까지 만들었으니 내 몸은 박박 씻어도 여자 냄새를 영영 떨쳐낼 수 없을 것이다. '마더 미드나이트'(mother midnight)라는 단어는 '산파'와 '포주'를 모두 뜻하는데, 매춘굴의 마담과 매춘부를 가리키기도 한다. 옥스퍼드 영어 사전에서는 이런 용례를 제시한다. "온전히 실현된 마더 미드나이트, 이 포주는 [⋯] 재생산 가능한 몸에 수반되는 운명을 의인화한다."[5] 그럼 이제 나는 엄마가 되었으니 아기를 받아내거나 다른 여자들의 몸을 팔거나 내 몸을 팔 수도 있다는 뜻이구나. 멋지네요.¶

어린 시절 우리 집에는 책이 가득했지만 가족들은 컴퓨터의 등장에서 비롯된 온갖 사태가 언어의 종말이라고 치부하지 않았다. 오히려 컴퓨터를 아직 겪어보지 않은 글쓰기의 여정이 펼쳐질 장소로 여겼다. 부모님이 쓰던 컴퓨터의 먼지 쌓인 키보드에 손이 닿기 시작한 이래로 나는 이 기계가 아직 발견되지 않은 내 걸작의 청사진을 품고 있다고 믿었다. 나에게 컴퓨터는 언젠가 아름다운 말을 읽고 그 언어가 내 것임을 발견할지도 모를 장소였다. 내 컴퓨터는 작가적인 모든 것과의 연결 고리로서, 열망과 나를 이어주는 탯줄이 되었다.

컴퓨터는 아직 떠나지 않은 창작 여정의 정신적 지도인 셈이었다. 그 고집스러운 기계 앞에 앉아 노려보기만 하는 날도 있는데, 아직 내 (아마도) 걸작을 내놓지 않았으며 꼭 일부러 숨기고 있는 것 같다. 가끔은 내가 말도 걸었을 게 분명하다. 밥을 먹이고 부둥켜안아주고 엄마가 되려는 충동을 억누르면서.

매일 아침, 일어나면 서둘러 컴퓨터를 켠다. 지난밤 사이 작가로서 성공을 거두었다는 소식을 알리는 메일이 도착해 있기를 바라면서. 이 편지는 아직 도착하지 않았다. 사이버-작가로 사는 가장 짜릿한 점 중 하나는 뭐니뭐니 해도 영원한 새로움을 약속하는 새로 고침 버튼이다. 클릭 한 번으로 모든 것이 바뀔 수도 있다.¶

이 버튼의 잠재적 황홀감 이면에는 미친 듯이 새로 고침 버튼을 누르면서 엄청나게 들떠서 메일이 도착했다는 화면을 보고, 다음 중 하나를 발견하는 일이 있다. a) 거절 편지, b) 제발 절대 연락받고 싶지 않은 사람에게서 온 메일, 그리고 최악 중 최악은 c) '내게 쓰기'로 보낸 내 글. 중요한 글을 몽땅 담아놨다가 영영 요상한 데 처박힌 USB를 대신해 종종 이메일을 사용한다. 라디오샥[6]에서 만난 남자가 당당하게 "인생을 바꿔줄 것"이라며 영업해서 샀던 건데, 인생은 바뀌지 않았고 영원히 사라져버렸다. 그 바람에 내 메일 수신함은 과거 글쓰기 여행에서 얻어 온 기념품으로 꽉꽉 찼다. 이런 식의 이메일 사용법 때문에 실수로 유난히 고압적인 영문과 교수에게 수치스러울 만큼 솔직한 시 초고를 보내버린 적도 있다. 아직도 그 사건에서 완전히 회복하지 못했는데도 여전히 그 방법을 쓴다.

이메일 계정이 도둑맞는 일이 혹시라도 생긴다면, 해적들은 모순과 오타로 가득한 생각 더미를 잔뜩 발견하게 될 것이다. 더불어 내가 제일 좋아하는, 더는 흥미를 느끼지 않는 것의 흔적들까지. 이런 식의 사이버 기억 방식을 따라 하지 말라고 권하고 싶은 이유는 무엇보다도 유서 깊은 자동 서신 장애, 그러니까 자기 자신에게서 편지를 받을 때 생기는 불행한 질병 때문이다.

105

글쓰기-외부 세계의 신호를 하염없이 기다리다 결국 자신의 글을 받게 되는 것만큼 허탈한 일도 없다. 아, 세월이 흐르며 글쓰기가 최고의 친구가 되어버렸다니. 컴퓨터 전원이 켜지는 소리는 나를 둘러싼 음향 세계에서 손잡이를 돌리는 소리나 문이 쿵 닫히는 소리를 대신한다. 어떤 순간에는 살아가는 일이 글쓰기가 된다. 아주 찰나의, 거의 비현실적인 '진짜 삶'의 막간 같은 순간이다. 그럴 때면 내 이야기가 현실 같고 바깥 세계는 내가 만든 미친 세상 같다고 느껴지기 시작한다. 작가의 삶이란 얼마나 고립되어 있는지, 한 번만 더 나로부터 메일을 받으면 답장을 하겠다는 생각이 들 지경이다. 다행히 문을 열고 들어와 내 손에다 끈적이는 뭔가를 묻히는 아이가 그 짓을 막아준다. ¶

Appendices

부록

맥스를 임신했을 때 『맥신의 아이를 만들다』(Making Maxine's Baby) 라는 시집을 썼다. 이것이 내가 낳을 아기와 책 사이의 묘한 인연의 시작이었다. 마치 내 손아귀에서 벗어난 일인 양, 아기 맥스는 책 속 인물 맥신과 비슷한 이름을 얻게 되었다. 두 인물은 각자의 삶을 얻었으며 서로 공모했다. 맥스처럼 맥신 역시 내게서 빠져나와 여기저기 걸어 다니기 시작하기라도 할 것처럼. 한 명은 실제 남자아이이며 엄청나게 운이 좋은 반면, 다른 한 명은 뉴욕 지하철 터널 안에 사는 홈리스지만 말이다.

맥스와 맥신이 내게서 태어난 일종의 쌍둥이라면, 이 책은 둘의 여리고 약한 동생일지도 모른다. 그런데 작고 약한 녀석이면 뭐 어때? 나는 늘 그들에게 가장 마음이 갔다. 뭉개진 귀를 가진 고양이, 오늘 아침 유니언 스트리트에서 본 자동차에 깔린 비둘기, 한인 식당에 사는 다리 셋인 소심한 개. 내 딸은 이 책과 쌍둥이를 이룰 테고, 따라서 이 책은 아름답다. 아리스토텔레스의 유명한 삼단논법이 뭐더라? "모든 인간은 죽는다. 소크라테스는 인간이다. 따라서 소크라테스는 죽는다."

자본주의의 가르침과는 반대로, 우리는 무엇을 사느냐보다는 무엇을 버리느냐로 더 규정된다. 사람들이 무엇을 사는지는 어떤 사람이 되고 싶어 하는지를 나타낸다. 쇼핑 목록은 소망투성이다. 특정한 스카프가 우리가 원하는 이미지를 말끔한 섬유 조직으로 담아내는 식이다. 하지만 우리가 버리는 것이야말로 우리가 누구인지를 드러낸다. 장황한 쓰레기 목록에는 거부의 리듬이 강력하게 배어 있다. 우리는 읽지 '않았다는' 연애편지이고, 혼자 먹지 '않았다는' 초콜릿 케이크의 포장지이며, 쓰지 '않았다는' 끔찍한 이야기다. ¶

매일매일 모성에 대해 글을 쓰자고 결심했지만, 이 주제를 두고 창작의 벽에 호되게 부딪히고 말았다. 충격적인 반전은 (나를 안다면 그렇게까지 충격적이진 않겠지만) 이 시점에서 이론이 아니라 10대 TV 쇼로 눈을 돌렸다는 것이다. 나도 SNS에 자랑할 만한 근사한 것들을 쓰고, 보고, 읽고 싶었다. 하지만 이상하게도 탄생과 죽음, 그리고 모성에 관한 깊은 철학적 의문은 〈도슨의 청춘 일기〉를 강박적으로 다시 보는 일로 이어졌다. 엄마로서의 기나긴 여정과 그것을 연대기적으로 기록하고 싶다는 욕망이 어째서 등장인물들의 나이일 때 봤던 드라마로 나를 다시 데려간 걸까? 아직 생리를 시작하지도 않았을지 모를 소녀들을 바라보는 게 어쩐지 위안이 되었을지도 모르겠다. 나는 가임성이 낮은 멋지고도 벅찬 결과를 겪는 중이니까.

이 책을 정말로 쓰기 시작하자, 책과 학위논문이 마치 탯줄처럼 연결되어 있는 듯 느껴졌다. 동시에 두 문서의 창을 켜놓고서 클릭으로 왔다 갔다 하며 쓰는 적이 많았다. 마저리 펄로프(Marjorie Perloff)가 『급진적인 책략』(Radical Artifice)에서 쓰기를, 컴퓨터 글쓰기에서는 운문과 산문, 창작자와 비평가 사이의 경계가 허물어진다. 나는 서로 다른 조각들을 전혀 다른 결론에 갖다 붙이며 내 연구를 게걸스럽게 뜯어먹고 있었다. 다만 솔직히 말해서, 내가 쓴 모든 책은 본질적으로 네트워크를 이루거나, 혈연관계를 맺고 있거나, 어떤 식으로든 연결되어 있다. 내 목표는 책의 대가족을 만드는 것이다.

110

머릿속에서는 두 명의 논문 지도 교수, 레니와 베스가 학문적 부모가 되었다. 레니는 퇴고에 관한 강연에서 하루에 물을 50톤 들이마신 다음 빗살 모양의 고래수염으로 원치 않는 것들을 걸러내는 흰긴수염고래 비유를 들었다. 이렇게 하면 고래는 자기가 좋아하는 크릴새우를 먹을 수 있다고. 문제는, 레니의 멋진 조언에도 불구하고 내가 써내는 것들은 도무지 깔끔하게 걸러지지 않았다는 것이다. 글이 안 써지는 날, 그의 강연을 빌려 표현해보자면, 나는 크릴을 놓쳤다. 그런데 애초에 크릴이 그렇게까지 소중한 걸까? 내가 고래를 자유롭게 놓아준다면 무슨 일이 벌어질까? 재갈 같은 고래수염을 뜯어버리고 바닷물이 양껏 밀려들게 한다면? 학위논문 역시 경계 안에 머물기를 거부했다. 그런데 논문 주제가 시선의 대상이자 주체가 되는 여성들에 관한 건데, 안 그럴 수가 있나? ¶

내 전부를 지탱하는 수많은 아이디어를 어떻게든 정리하려 애쓰다 보니 논문의 초안은 정신적인 인형의 집 같아졌다. 나는 영화의 세계와 시의 세계를 프랑켄슈타인처럼 엮어보려 고군분투했다. 짐작하다시피 성대한 엉망진창이 되었다. 출생과 섹스가 그러하듯, 나와 마찬가지로 뒤섞인 형태인 시적인 에세이나 에세이 영화, 혹은 필립 로페이트(Phillip Lopate)가 "켄타우로스"[1]라고 일컬은 혼종적 형식은 서로 다른 "몸들", 서로 다른 장르들을 결합한다. 읽기에 혹은 보기에 난해한 경우가 대부분이다.

뭐랄까, 하이브리드 존재들이 나를 움직인다. 나를 전율하게 하고 싶다면 백마에다 뿔을 쾅 달거나, 인간 여자에게 물고기 꼬리를 대거나, 말 엉덩이에다 사람 몸통을 붙이는 놀이를 하면 된다. 맥스가 태어난 날, 나는 엄마더러 우리 집에서 2마일을 걸어 브루클린 하이츠 영화관에 가서 〈걸 모스트 라이클리〉를 보라고 했다. 영화 속 남동생은 다른 이들이 살 수 있는 단단한 게 껍질을 만드는데, 나와 엄마가 떠올린 건 자궁이었다.

그렇게 나는 내가 본 몇몇 영화들을 시적인 에세이 혹은 에세이 영화라고 생각하기 시작했다. 이런 용어들이 작품을 완전히 포괄하지는 못하지만 말이다. 이런 식으로 생각한 영화 하나가 바로 세라 폴리 감독의 다큐멘터리 영화 ‹우리가 들려줄 이야기›였다. 폴리가 자신의 어머니 이야기를, 즉 자신의 기원을 조각조각 이어 붙여 영화 한 편을 만들려고 애쓰는 모습을 담고 있다. 시적인 에세이와 에세이 영화는 언제나 자신의 되어감(becoming)에 관한 내용이다(참, 이 책도 그 예시다). 폴리의 스토리텔링과 숏은 자아, 여성, 어머니, 혹은 과거를 포착한다는 것의 불가능성을 드러낸다. 문득 이런 생각이 들었다. 폴리가 어머니를 규정하는 것이 불가능함을 보여주는 방식이 에세이를 규정하는 것이 얼마나 불가능한지 꼭 닮아 있다는 것. 『일렉트릭 리터러처』 인터뷰에서 다가타는 이토록 가변적인 에세이를 과연 별도의 장르로 부를 수 있느냐고 묻는다. ¶

바로 지금 나는 논문 최종본을 수정하고 있어야 한다. 하지만 대신 여기 앉아서 모든 것의 역사를 새로 쓰고 싶다고 생각 중이다. 일종의 지적 방종으로, 모든 종류의 아이디어에 활짝 열려 있다. 이로 인해 한 번 더 임신할 일은 없을 테니 참 감사한 일이다. 배가 잔뜩 불러올 정도의 존재를 막 겪어낸 참이라 글쓰기와는 다른 방식의 창조성을 발휘한 셈인데, 당장 아이를 하나 더 가질 생각은 없다는 뜻이기도 하다. 그런데도 『샤이닝』에 나오는 미친 잭 토런스처럼 이 페이지 위에다 내 딸의 이름 '레일라'를 끝도 없이 쓰고 싶다.[2]

어젯밤 내 살을 찢고 뭔가가 나왔다. 주변에서 말하길, 인간이네요.

그렇게나 밀어대더니 드디어 레일라가 나타났다. 조그맣고 끈적끈적한 내 사랑, 귀청 떨어지게 우는 내 선물, 피로 뒤덮인 푸른 눈의 내 딸. 첫 순간부터 아이는 내 시선을 사로잡았다. 모든 관찰자들의 관찰자, 모든 걸 다 알면서도 우주 저 먼 데서부터 미천한 지구인인 내게 기꺼이 찾아와준 존재. 무엇보다도 멋진 맥스가 동생을 미친 듯이 좋아해주었기에 나는 비로소 행복하게 죽을 수 있다. ¶

폴리가 서사적 시간을 거슬러 올라 어머니를 찾으려 애쓰는 과정에서 읊조리는 혼잣말은 장르에 대한 이야기이기도 하다. "다른 이들의 말로 과거를 재구성하려 하다니, 엄마를 형상화하려 하다니, 제정신인가? 이게 엄마가 떠나면서 일으킨 쓰나미일까? 우리 모두 아직도 엄마의 여파 안에서 허우적거리면서 잔해 속에서 엄마를 되살리려 애쓰고, 얼굴이 간신히 보이자마자 엄마는 매번 스르르 사라져버린다."

맥스가 태어난 지 얼마 되지 않은 시점에 나는 엄마 되기에 관한 시를 이제는 써보라고 나 자신에게 이메일을 보냈지만, 어쩐지 아직 준비가 덜 된 듯했다. 이 모든 경험이 워드 문서라는 작고 예쁘장한 상자 안에 담기기에는 너무 격렬하고 제멋대로라고 느껴졌다. 어쩌면 이 모든 경험에 나는 여전히 압도된 상태인지도 모른다. 이 글이 그 시일지도 모르겠다.

작가이자 엄마라는 이 헤아릴 수 없이 놀라운 경험을 그나마 표현할 수 있는 말은 이거다. 이제 엄마가 되었으니 모든 역할을 다 수행하게 되었다고. 폴리의 역(役), 그러니까 엄마를, 자신의 기원을 이해해보려 하는 작가이자 딸의 역할, 그리고 동시에 엄마의 역할도. 내 얼굴이 보이자마자 스르르 사라져버리는.¶

수업이 끝나면 배운 것을 요약하는 데 익숙한 사람으로서 엄마 되기를 이렇게 정리해볼 수 있겠다. 내 몸에는 열리고 닫히는 문들이 있는데, 출산 후에는 뭔가가 계속 열려 있는 것 같다. 이전에는 존재하지 않았던 도시 하나가 생겨난 것 같다. 혹은 예전의 내 몸이었다면 벌써 수신을 멈췄을 우주정거장이 여전히 신호를 받고 있는 것 같다. 너무 피곤해서 시야가 뿌연 와중에도 계속 사랑하게 하고 똥을 치우게 하는, 이전과 다르게 생각하고 글을 쓰게 하는 어떤 부분이 내 안에 생겼고 앞으로도 영원히 존재할 것이다.

무엇보다도 내 몸은 피를 흘리고 난자(egg) 만드는 걸 좋아하는 것 같다. 아침에 가족들 먹으라고 부치는 계란 말고, 이제 두 아이의 엄마—그게 무엇이든지 간에—로 잠에서 깨어 신생아를 먹이면서 동시에 다른 아이더러 제발 집을 파괴하지 말라고, 아니 조금만 파괴하라고, 알았지? 알았지? 빌게 만드는 바로 그 난자.

그래도 내게 가장 깊이 각인된 건 맥스가 애지중지하며 대할 때 내 딸 레일라가 보여주는 만화 같은 미소다. 우리가 듣지 못할 때도 아들은 동생의 소리를 듣고, 트림 수건과 젖병과 장난감을 들고서 “우리 아가”의 방으로 총총 뛰어간다. 방에 가보면 아들이 아기의 머리카락을 쓰다듬거나 에릭 클랩튼의 〈레일라〉를 자기 식대로 불러주고 있다. 반짝반짝한 옷에 백스트리트 보이즈 같은 안무까지 곁들여져 완벽하다. 참을 수 없이 눈물이 터진다. 이제야 알겠다. 이것이 바로 내가 지금까지 자라난 이유임을.¶

역자 후기 — 최리외

저 멀리서 무시무시한 입체성이 번뜩이는 누군가의 글을 바라볼 때 나는 가장 전율한다.

전형적인 논문의 꼴을 갖추고 있으나 목차에서 한 장만 넘기면 곧장 형식이 온통 휘어지며 전혀 예상치 못한 이야기가 뒤섞인다. 캐럴라인 해굿은 아이를 임신한 "프레고 작가"로서 (데리다를 읽으며!) 정밀한 탐정처럼, 후드 티를 입고 소파에 벌렁 드러누워 남편을 유혹하는 여자처럼, 겹겹의 의상을 하나도 벗지 않으려다가 결국 자신을 훤히 다 드러내고 마는 이국적인 댄서처럼 다채로이 얼굴을 바꾸며 여자됨을, 엄마 되기를, 여성적 시선을 탐구한다.

탐구라는 "사회가 용인하는" 단어를 썼으나 실은 답 없이 메아리치는 무수한, 은은히 광기 어린 혹은 신경증적인 질문들에 가깝다. 여자란 대체 뭔가? 여성으로서 쓴다는 것, 여성의 시선을 지닌다는 것, 남성적 시선 바깥에서 (다시) 본다는 것은? 해굿은 명료한 답 대신 이 얇은 책을 내민다. 흥얼거리듯 유희하며 흘러가면서도 가열차게 물음을 던지는—내내 황홀감과 공포에 동시에 사로잡힌 채—그러니 아주 빠르게 또한 아주 천천히 읽힐 수밖에 없는 경계 지대의 책을.

원제는 '여성을 바라보는 방식들'(Ways of Looking at a Woman)이다. 존 버거의 『다른 방식으로 보기』(Ways of Seeing)와 언뜻 공명하는 듯 보이지만 상당히 다른 속성을 띤다. 즉, 이 책은 형식과 구성이 내용(이랄 것을 요약한다는 것이 가능하다면)과 큐비즘적으로 융합되는 작품이다. 조각내고 해체하여 얼기설기 패치워크처럼 재조립한 사물은 기이한 입방체와 같은 형상을 띠는데, 어느 각도에서 바라보느냐에 따라, 다시 말해 관점이 어떠한가에 따라 몹시 다르게 보인다. 해굿은 말하자면 이 책이라는 입방체를 만들어냈다. "그야말로 포이에시스."

물론 해굿 자신이 시적인 에세이이기도 하고 아이 자체가 글쓰기이기도 하다는 점에서 해굿이 정말로 입방체를 만들었는지, 그 주체와 대상은 명확하지 않다. 그 점이 중요하다. 해굿의 글쓰기는 "정확하게 가리키기"와 "명료하게 표명된 체계"로부터 무한히 멀어진다는 점에서 포스트모더니즘적이고 (감히 표현하건대) 여성적이다. (참고: 만물의 본질에 관한 계시라는 게 있다면 해굿은 "그 계시에 좇되거나 계시를 좆창 내고" 싶어 하는 사람이다.)

방법론으로 언급된 잭 핼버스탬을 다시 떠올려보자. "괴물성이란 어떤 주체가 정의 가능성의 한계를 유유히 빠져나감으로써 미치게 만드는 방식이다." 구석구석 유머가 난무함에도 한입에 먹어 치우듯 읽을 수 없게 되는 까닭은 바로 그 때문이다. 덜그덕거리고 도약하고 빠져나가는 액체의 속성과 울퉁불퉁한 입방체의 속성을 한데 지녔기 때문이다. 결코 정면에서 직설적으로 이야기하지 않는, 열정과 혼돈이 넘실거리는, 증식하는 여성-괴물-변태-엄마-큐브.

달걀은 가슴을 닮았는가, 아니면 눈(eye)을 닮았는가? 무엇을 무엇과 닮았다고 연상하고 추론하는 과정은, 그러니까 시선은 그 자체로 우리가 세상으로부터 어떻게 보이는지(how we are seen) 혹은 우리가 세상을 어떻게 보는지(how we see)를 가늠한다. 굉장한 무게감을 지닌 이러한 문장 뒤에 논지를 부연하고 강화하고 설득하려 선형적으로 나아가는 대신 "두 번째 아이가 딸이라는 사실을 알게 된 그 주에 나는 쌍란을 세 개나 맞닥뜨렸다"며 유유히 다른 데로 새어 나가는 것이 바로 해긋의 글쓰기다. 어쩌면 그 틈새에 찰나의 해방이 있을까? ("다시 보는 법을 배울 수 있다면 우리는 어떤 어른이 될까?")

학위논문을 써야 하는 상황에 놓인 순간 이 책을 만난 것은 절묘한 우연이다. 임신한 상태였다면 더더욱 절묘했을 텐데 그 점은 아쉽게 되었다. (대신 임신한/했던 친구들을 내내 떠올리고 그들에게 이 책을 쥐여주고 싶다고 생각하며 번역했다) 나는 하얀 잉크처럼 여기저기로 흐르고 종잡을 수 없는 방향으로 흩어지는 이 책의 문장 하나하나를 게걸스레 탐닉했다. 내가 가장 욕망하는 글이 바로 이러한 형식 비틀기, 불가능해 보이는 장르 혼종적인 (시적인!) 에세이라는 사실을 다시금, 다시금 깨달으면서.

121

논문 심사를 앞둔 상황에서 논문과 무관한 시를 읽거나 10대 TV쇼를 보고 있는 자기 자신을 또 다른 자기 자신이 바라보며 쓴 글이라니. 그리고 독자에게 건네며, 이 책을 다시금 조각내서 재조립해 보여달라고 요청하는 글이라니. 내내 울어대는 아이를 안을 수도 없어 그 대신 곰 인형을 끌어안으면서, 줄줄 울면서, 머리가 터지면서, 감전의 충격처럼 찾아오는 환희와 절망 속에서.

울퉁불퉁한 입방체를 받아든 당신에게 이제는 이렇게 말할 수 있겠다. 이 책 안에는 반드시 당신이 보이는, 당신에게 보이는 각도가 있을 것이다. 그리고 그 찰나의 겹쳐짐 속에서, 혹은 겹쳐진다는 착각 속에서 당신은 당신의 방식대로 이미 해체와 재구성을 해내고 있다. "요점은 내가 당신을 보고 있다는 것이다. 당신 스스로를 보이는 존재로 여겨주시라." ¶

연구 계획

1. 영화계에서 여성이 과소평가되는 상황을 빗댄 표현.

2. 올리언은 『뉴요커』 기자로 근무하던 시절 지방신문을 뒤적이다 존 라로슈라는 백인 남자가 플로리다 파카하지 보호지구에서 희귀종 난초를 불법 반출하려다 잡혔다는 기사를 발견한다. 이 사건에 흥미를 느낀 그는 괴팍하면서도 열정적인 난초 채집가 존 라로슈의 행적을 3년에 걸쳐 따라다닌 끝에 『난초 도둑』을 출간했다.

3 시적인 에세이, 그리고 에세이를 하나의 예술 형식으로 옹호해온 다가타의 입장은 문학 예술에서 사실과 진실의 역할을 둘러싼 지속적인 논쟁의 중심에 있다. 그는 『일렉트릭 리터러처』 인터뷰에서 말했다. "전 에세이를 하나의 예술 형식으로 생각합니다. 의식이 새로운 아이디어, 기억, 혹은 감정의 주름 위를 굴러가며 변화해가는 과정을 따라가는 형식이라고요. 에세이의 매력은 인간의 사고가 실시간으로 펼쳐진다는 감각입니다. 우리가 에세이에 반응하는 것도 바로 그 감각 때문이에요. 타인의 사고 과정에 슬며시 접근하는 듯한 친밀감 말이에요. […] 에세이는 사고하는 행위 자체를 드러냅니다. 논쟁이나 사실 검증 같은 것—고등학교 선생들이 에세이를 그런 것으로 만들어버렸죠—이 아니라요. 에세이는 숙고의 예술입니다."

4. 20세기 초 전위적 모더니즘 문학사의 핵심 인물 중 하나인 미국 작가 힐다 둘리틀(Hilda Doolittle). 평생 H. D.라는 이름으로 다채로운 장르를 넘나드는 글을 썼으며, 1911년 런던으로 이주해 시인 에즈라 파운드와 함께 아방가르드 이미지즘 시인 모임을 공동 창립하고, 고대 그리스 문학에 깊은 관심을 가져 수많은 그리스어 번역본을 출판하는 등 활발히 활동했다. 자신의 성 정체성을 당당히 밝힌 것으로 유명하며, LGBT 및 페미니즘 운동의 선구자적 인물이다.

5. 둘리틀 사후에 출간된 『사유와 시선에 관한 기록』(Notes on Thoughts and Vision, 1983) 20쪽에 다음과 같은 문장이 있다. "시선에는 두 종류가 있다. 자궁의 시선과 뇌의 시선이다. 뇌의 시선에서는 의식의 영역이 머리 위와 주변에 위치한다. 의식의 중심이 이동하고 해파리가 몸 안에 자리 잡으면 […] 우리는 자궁의 시선, 즉 사랑의 시선을 얻게 된다."

6. 남유럽에 많은 멜론의 일종으로 껍질은 녹색이며 과육은 주황빛이다.

7. 신체적 변형, 왜곡, 침훼, 파괴를 통해 공포심과 불쾌감을 유발하는 공포 장르의 하위 카테고리.

8. 그리스 신화에서 크레타의 왕 미노스의 아내 파시파에는 포세이돈이 보낸 흰 황소와 교합해 인간의 몸에 소의 머리를 한 괴물, 미노타우로스를 낳는다. 미노스는 괴물을 미궁에 가두고, 이후 아테네의 영웅 테세우스는 공주 아리아드네의 실타래에 의지해 미궁에 들어가 미노타우로스를 죽인 뒤 풀어놓은 실을 따라 탈출한다.

124

9. 2001년부터 2005년까지 방송된 미국 TV 드라마 시리즈로, 장의업을 하는 한 가족의 이야기를 다룬다. '식스 피트 언더'는 땅속 6피트 깊이에 관을 묻는 관습을 뜻한다.

초록

1. 전설적인 모더니스트 주나 반스는 20세기 영문학의 모더니즘에서 중요한 역할을 했다. T. S. 엘리엇이 편집을 맡은 『나이트우드』는 퀴어문학의 고전으로 손꼽히며 현대 소설의 컬트적인 작품이 되었다.

2. 2004년 개봉한 미국의 독립영화 ⟨나폴레옹 다이너마이트⟩의 주인공. 아이다호의 작은 마을 프레스턴에 사는 고등학생 나폴레옹 다이너마이트의 일상을 중심으로 전개되는 이 영화에서 나폴레옹 다이너마이트는 특이한 말투와 괴짜 같은 성격의 아웃사이더로 등장한다.

방법론

1. ‘Modern Language Association’의 약자로 1883년에 설립된 미국의 학술 단체를 뜻한다. MLA 서식은 MLA가 추천한, 주로 언어, 문학, 그리고 다른 인문학 분야의 연구자들이 사용하는 인용 스타일을 말한다.

2. 19세기 남북전쟁 전후에 유행했던 미국 엔터테인먼트쇼 중 하나로, 백인이 흑인 분장을 하고서 인종적 고정관념을 강화하는 내용이 주를 이루었다.

3. 이형적인 신체를 지닌 사람들을 모아 구경거리로 삼는 쇼.

4. 작은 구멍이나 틈새를 통해 보는 엔터테인먼트쇼로, 노골적인 성적 이미지나 공연이 특징이다.

5. 영화사 초창기 1인 사용자용 동전 투입식 영화 상영 장치로, 거대한 플립북처럼 작동하는 게 특징이다. 인쇄된 이미지가 담긴 회전식 카드 ‘릴’(reel)로 작동하며, 사용자가 크랭크를 돌려 구멍을 통해 바라보면 움직임의 착시가 발생한다.

6. ‘난잡한 여성’을 뜻하는 비하적 용어.

7. 실비아 플라스의 시. 1965년 출간된 사후 시집 『에어리얼』에 수록되었다.

8. 『천일야화』에 등장하는 술탄의 왕비이자 이야기꾼. 밤마다 술탄에게 이야기를 들려주지만 매번 결말을 미루는 방식으로 처형을 연기시키며 목숨을 보전한다.

9. 6행으로 된 6연과 마지막 3행의 결구를 가지는 운문 형식.

10. prego. ‘임신한’이라는 뜻의 속어.

11. 롤드 타코라고도 불리는, 고기와 치즈 등으로 속을 채운 토르티야를 말아 먹는 멕시코 음식.

사사

1. 그리스 신화에 등장하는 뱀 형상의 괴수. 자신의 꼬리를 먹어 치우는 동시에 재생시킨다. 끝없는 자기 생산과 순환을 상징한다.

2. 아이의 젖니를 베개 밑에 두고 자면 밤사이 이빨 요정이 찾아와 선물로 교환해준다는 설화가 있다.

3. 프레드릭 제임슨이 소쉬르의 언어학을 기반으로 구조주의와 러시아 형식주의를 고찰한 『언어라는 감옥』(The Prison-House of Language)에 대한 언어유희.

4. 미국 어린이 TV쇼 ‹세서미 스트리트›에 등장하는 빨간 털북숭이 캐릭터.

5. ‘금주 중인 상태’를 뜻하는 영어의 관용 표현.

6. 멕시코-텍사스의 국경 지대에서의 경험을 통해 성별, 정체성, 인종, 식민주의를 탐구한 페미니즘의 고전. 메스티자(Mestiza) 의식을 바탕으로 경계에 선 사람들의 혼종성과 이중성을 다룬다. 영어와 스페인어를 병기한 이 책의 제목은 경계에 놓인 저자의 정체성을 드러낸다.

7. 열두 살이던 1984년부터 TV 광고와 드라마 등에서 활약한 미국의 배우로, 2017년 ‘미투’ 해시태그 운동을 대중화한 인물이기도 하다.

8. dyke. 레즈비언을 뜻하는 속어.

서론

1. 미국의 페미니스트이자 사회심리학자. 1963년 『여성성의 신화』를 출간해 현대 여성운동의 새로운 장을 열었으며, 1966년 전미여성기구(NOW) 창설을 주도하고 1970년까지 초대 회장을 지냈다.

2. 시드니 루멧의 대표작 ‹네트워크›(1976)에서 뉴스 앵커 하워드 빌이 생방송 중 외친 대사 “미친 듯이 화가 나. 더는 못 참겠네!”를 가리키는 것으로 보인다.

3. 본디 하나로 이어져 있던 텍스트나 이미지, 필름을 물리적 혹은 개념적으로 잘라낸 뒤 다시 조합하는 방식. 아방가르드 필름과 실험영화의 몽타주 전통에서 비롯되었다.

4. 브루클린 출신의 영화 예술가. 성과 페미니즘에서부터 환경과 정치에 이르기까지 다양한 주제를 실험적인 방식으로 다룬 영화를 만들고 있다. 16mm 필름에 직접 그림을 그리거나, 바느질하는 등 필름에 직접적인 작업을 하는 기법을 통해 영화의 경계를 넓혀가고 있다.

5. 시그리드 누네즈는 수전 손택에 대한 회고록 『우리가 사는 방식』을 썼다.

6. 서양 배의 모양이 임산한 여성의 모습을 닮아서 쓴 표현.

7. 목표를 이루기 위한 여정과 시련, 변화를 중심으로 전개되는 서사 구조.

문헌 검토
1. 『뱀파이어』를 써서 브램 스토커의 『드라큘라』에 영향을 준 작가.

결과 및 논의
1. 1999년 방영된 미국 범죄 드라마. 뉴저지에 거주하는 이탈리아 마피아 토니 소프라노가 가족생활에 어려움을 겪던 중 정신과 의사 제니퍼 멜피와 만나면서 발생하는 사건들을 소재로 삼는다.
2. 아이가 발음이 비슷한 'No'(안 돼)와 'nose'(코)를 혼동한 데서 나온 행동이다.
3. 1993년 개봉한 미국 코미디 영화 ‹개구쟁이 데니스›에 나오는 주인공 데니스, 그리고 옆집 이웃인 조지 윌슨을 일컫는다.

결론
1. 소련의 마지막 지도자. 이마에 포도주 색 반점이 있다.
2. 서양의 대표적인 오컬트 게임 혹은 강령술의 일종으로, 숫자 0~9, 알파벳, '예', '아니오', '안녕히 계세요'가 새겨져 있는 평평한 판을 펼쳐놓고 참가자들이 포인터를 사용해 영혼과 대화하는 놀이다.
3. 음악 검색 애플리케이션.
4. 브라우저나 문서에서 특정한 단어나 내용을 찾아주는 단축키.
5. 1988년에 옥스퍼드 영어 사전에 등재된 이 용례의 출처는 『18세기 연구』(Johns Hopkins University Press)다.
6. 미국의 전자 기기 소매 체인점.

부록
1. 그리스 신화에 등장하는 반인반마(半人半馬). 상반신은 인간, 하반신은 말의 형상을 지닌 혼종적 존재다.
2. 잭 토런스가 쓴 소설 원고에 "일만 하고 놀지 않으면 잭은 바보가 된다"라는 문장만 반복해서 쓰여 있는 장면이 나온다.

이 책은 시일까? 회고록일까? 예술과 모성, 사랑에 관한 책일까? 그렇다, 모두다. 나는 이 책을 매기 넬슨 옆, '반드시 읽어야 할 책'이라는 표시가 붙은 책장에 꽂아둘 것이다.
—— 엠마 스트라우브(소설가)

회고와 영화 및 문학의 역사를 교차시키며 전개되는 장편 에세이 『하얀 잉크』에서, 해굿은 탐정의 역할을 맡아 여성, 어머니, 작가란 무엇인가를 묻는다. 지적이면서도 유머러스하고, 또 한편으로는 애틋한 이 책은 한 권의 책과 한 인간을 이루는 수많은 신비로운 층위를 깊이 있게 사유하는 작품이다. 해굿은 아무것도 숨기지 않는 진솔함으로 당신 마음을 무너뜨릴 것이다. 페이지마다 빛을 비추는, 독보적이고 탁월한 책.
—— 메리-루이즈 파커(배우, 작가)

캐럴라인 해굿의 비평적 시선은 차분하면서도 열정적이다. 고급문화와 대중문화, 가족, 대학 강의계획서, 그리고 무엇보다 자신의 몸을 참조하며, 해굿은 완전히 새롭고 오롯이 자기만의 것을 만들어냈다.
—— 엘리사 앨버트(소설가)

개인적인 것을 시적이면서도 정치적인 것으로 밀어붙이는 태도는 베티 프리단의 대표작 『여성성의 신화』를 떠올리게 한다. 다만 그것이 인스타그램 세대를 위한 형식으로 새롭게 쓰였다는 점이 특별하다. 장르의 경계를 허물며 여성들이 일상의 삶 속에서 스스로를 바라보는 방식을 다시 묻는 이 책은 이른바 '여성의 일'이라는 개념 자체를 무화시킨다. 또한 그것이 서정성과 키치한 암시를 통해 이루어지는데, 어떤 주장을 설득력 있게 펼치고 작은 혁명을 촉발하기에 이보다 더 효과적인 방식은 없을 것이다.
—— 브루클린 레일

이 책은 조각나고 재구성된 존재로서의 예술가를 그린 영리하고 솔직하며 유쾌하고 사랑스러운 서정적 초상이다. 이 책은 단순한 논문이나 작품집이 아니다. 말 그대로 몸, 한 여자의 몸이다.
—— 팬크 매거진

모성과 예술, 그리고 그 둘이 자주 만나는 지점에 대한 사려 깊고 문학적인 성찰.
—— 커커스 리뷰

『하얀 잉크』는 놀라울 정도로 솔직해서 위로가 되는 동시에 수천 가지의 의미를 지니고 있다. 그리고 바로 그게 핵심이다. 여성, 작가, 어머니가 그러하듯이. 단 하나의 독특한 시선으로 경험을 포착하는 완벽한 방법이 있다면, 이 책이 그 답이다.
—— JMWW 저널